권경희 권혜인 김귀화 김나림 김명희 김미경 김민아 김민주 김순기
김은정 김진숙 노신희 문상희 박경희 박보배 박운주 변혜영 서순옥
송태순 신임선 이상민(이현진) 이선정 이세미 이숙희 이정금 이정숙
이정안 이진결 전복선 정선영 조외숙 주순득 최경순 최예섬

우리들의 겨울

대|경|북|스

우리들의 겨울

1판 1쇄 인쇄 2024년 1월 2일
1판 1쇄 발행 2024년 1월 5일

발행인 김영대
펴낸 곳 대경북스
등록번호 제 1-1003호
주소 서울시 강동구 천중로42길 45(길동 379-15) 2F
전화 (02)485-1988, 485-2586~87
팩스 (02)485-1488
홈페이지 http://www.dkbooks.co.kr
e-mail dkbooks@chol.com

ISBN 979-11-7168-014-6

들어가는 글

감사는 꽃밭이다.
왜냐하면 온갖 인생의 꽃들을 키우고 피어나게 하니까!

감사란 고운 말씨다.
왜냐하면 귀를 즐겁게 하고 서로를 기분 좋게 해 주기 때문이다.

감사는 행복이다.
왜냐하면 감사하는 순간 행복해지기 때문이다.

감사는 풍요이고 사랑이다.
왜냐하면 감사를 표현하면서 관계가 충만해지고 사랑이 싹트기 때문이다.

감사는 기적이다.
왜냐하면 감사를 하면 할수록 좋은 일들이 기적처럼 일어나기 때문이다.

감사는 레버리지이다.

왜냐하면 감사를 하면 할수록 감사할 일이 더 생기기 때문이다.

감사는 축복의 문을 여는 열쇠다.

감사하면 할수록 풍요가 철철 넘치기 때문이다.

감사는 생명이다.

감사를 느낄 때 영혼은 살아 숨쉬기 때문이다.

감사는 보이지 않는 불씨다.

왜냐하면 메마른 가슴을 따뜻한 온기로 활활 채울 수 있기 때문이다.

감사는 오늘이다.

왜냐하면 날마다 오는 선물이기 때문이다.

감사는 무지개다.

왜냐하면 서로 다름이 어우러져 함께 감동을 주기 때문이다.

감사는 매 순간이다.

왜냐하면 지금도 감사가 무엇인지 생각하기 때문이다.

감사는 더하기이다.

왜냐하면 감사할수록 또 다른 감사가 넘치기 때문이다.

감사는 진동이다.

왜냐하면 온 우주가 감사로 연결되어 있기 때문이다.

감사는 아름다운 미소다.

왜냐하면 미소를 지으며 감사하면 사랑이 샘솟고 환희를 맛볼 수 있기 때문이다.

감사는 보약이다.

왜냐하면 약하고 상처받은 몸과 마음을 치유하고 일으켜 세우기 때문이다.

감사는 선물이다.

왜냐하면 감사를 표현할수록 행복해지고 선물 받은 것처럼 기분이 좋아지니까!

감사와 함께한

《우리들의 겨울》

작가 일동

차례

제1부 고마운 나 : 바다를 닮아있구나

제2부 고마운 당신 : 나무를 닮았네요

제3부 고마운 것들 : 향기 나는

part_01

고마운 나 : 바다를 닮아있구나

01.
주순득_그래도 돼

내 영혼아, 안녕?
우리가 함께한 세월, 많이 흘렀지?

내가 사십대 중반이던 때,
엄마는 아버지를 여의셨지.
엄마는 독거노인이 되어 홀로 계시다
치매로 혼자서는 아무것도 할 수 없게 되었어.
모난 성격의 남편 때문에 집과 친정을 번갈아가며
두 집 살림하기가 너무 힘들었지.
(결국엔 엄마를 요양원에 모시긴 했지만, 그때 정성껏 함께해 드리지 못한 죄책감에 나는 요양보호사가 되었다)

내 영혼아,
그래도 불평하지 않고
나를 따라 다닌다고 고생했어.
내 영혼아,
우리는 참 열심히 살아왔는데
왜 그걸 몰랐을까?

왜 스스로에게 고마워하지 않았을까?
그 많은 고통을 이기며 잘 살아온 것은
너의 용기 덕분이란 걸 이제야 깨달았어.
정말 고마워.

우리 이제,
좀 천천히 가자.
아프면 아프다고 말도 하고
좋으면 소리 내어 웃기도 하고 말이야.
그래, 그래도 돼.
너와 난 충분히 그럴 자격이 있어.

이젠 내 이름을 불러볼래.
순득아!
난 정말 기특해.
성실하게 살아왔어.
존재만으로도 나는 고마운 사람.

넓고 푸른 바다를 보면 엄마 생각이 나네.
자식들에게 모든 사랑을 나누어 주시던 엄마.
파도의 너울이 내 숨통을 트이게 한다.
나도 저 넓고 푸른 바다처럼
모든 것을 포용하는 너그러운 엄마가 될 수 있을까?

나는 잘 웃어.
그래서 별명이 스마일 천사야.
남의 이야기도 잘 들어준단다.
이런 내가 참 좋다.
글로 쓰고 보니,
바다처럼 너그러운 사람이 될 수 있을 것 같아.

내 영혼아,
우리 여행 한 번 가 보자.
잘 살아온 너와 내게 선물을 주는 거지.
즐겁고 행복하게 흐르는 강물처럼,
그런 인생여행을 떠나보고 싶어.

지금까지 나와 함께해 주어 너무너무 고마워.
그리고 사랑한다.

내 안의 친구,
또 다른 순득이에게.

02.

변혜영_꿈꾸고 도전하며

안녕, 새싹아?
나는 친구들과 함께하면 설렘을 느끼는 혜영이라고 해.

너와 친구가 된 지 벌써 63년이 되었네.
내가 4살 때였어.
엄마 아빠는 밀양 산골 마을에서는 부자로 살 수 없다며
나를 외할머니께 맡기고 타지로 나가셨지.
나에게 외할머니는 우주였어.
외할머니 사랑을 잔뜩 먹고 살았던 나는
친구들에게 부러움의 대상이었어.

초등학교 5학년 겨울방학 때였을 거야.
경기도 토막리 미루나무 숲 외딴 작은 집,
부모님 곁으로 다시 돌아가게 되었을 때
낯선 우주를 여행하는 것 같았어.
동생 두 명과 오빠도 함께했지.

그리고 4년 뒤 가을,

부모님과 동생이 지구별을 떠나고
오로지 내가 나를 보호하며 살아야했어.
애비 애미 없는 아이라는 소리 듣지 않으려고
단단한 틀 안에 나를 가두고 살아온 지난 시간들에 너무 미안해.

그리고 이젠
밝은 미소 잃지 않고 잘 살아온 나에게
너무너무 감사해.
너무너무 사랑해.

나는 바다를 바라보면 아버지의 뒷모습이 떠올라.
험난한 바다를 항해하는 고단함과 외로움.
하지만 지금 나의 바다는
도전이고 열정이고 꿈이야.
도전과 열정으로 꿈을 찾아가는 삶은 설레지.
육십이 넘어 꿈꾸고 도전하는 내가 너무 멋져.

이제는 내가 나를 보듬어 주며
세상을 향해 더 당당하게 나아갈 거야.
내 삶의 존재 이유인 딸과 아들에게
걱정이 아닌 꿈과 희망을 주는 엄마인 나!
잘 살아주었다고 칭찬해.
이 지구별을 떠나는 날까지

친구들과 함께 꿈꾸고 도전하며 살아갈 거야.

새싹아,
내 이야기 들어줘서 고마워.
곧 열매가 되어
새로운 글로 다시 만나자.

빈센트 반 고흐 _ 생트마리드라메르 해변의 낚싯배들

03.
김귀화_미래의 나를 그리며

나비 작가님, 안녕?
새벽마다 운동장을 맨발로 걸으며
건강을 실천하는 나.
유튜브 강의를 들으며 걷는 시간,
세상을 다 가진 기분이야.
이 순간은 오로지 나를 위해
존재하는 것 같아.
소중한 마음을 가지고 있는
나비 작가님과 함께여서 더 행복해.

신혼 단칸방에서 살 때였어.
빨리 이곳을 탈출하고 싶기도 했고
나의 존재감을 찾고 싶기도 했지.
7개월 된 아이를 맡기고
일을 시작했어.
너무 힘들었단다.
사는 게 뭐라고
돈이 뭐라고

아이가 다쳐서 왔을 때
아이가 먼저일까
일이 먼저일까
고민 엄청 했어.

고요한 마음을 선택하고
잠시 생각을 했어.
미래의 나를 그리며
다 지나가리라
다 잘 될 거야
나에게 다시 한 번 희망과 용기를 주며
잘 견뎌냈단다.
그래서 지금의 내가 있는 거야.
나비 작가님도 만날 수 있게 되었고 말이야.

살다 보면 생각지 못한 일들이 정말 많아.
잘 참고 견디어 준 나.
난 정말 열심히 잘 살아 왔단다.
이젠 여유와 함께
그동안 너에게 못 해준 거 보상해줄게.
나와 나비 작가님이 존재한다는 자체만으로도
행복하잖아.
같이 잘 달려와 줘서 너무 고맙고 대견해.

너를 너무너무 사랑해.
꼭 안아 줄게.

바다를 보면 가슴이 뻥 뚫려.
그동안 막혀있던 해묵은 감정들,
모두 모두 이 바다에 풍덩 던져 버리고
떠오르는 태양을 따라
점점 높이 비상해 보는 거야.
희망과 열정의 빛이 나를 향하고 있어.

그래 그래!
잘 해냈어.
정말 멋진 나,
자랑스러워.
매사에 긍정적이고 마음이 넓은 나.
주어진 일에 항상 최선을 다하고
멋진 결과를 이루어 내는 나는 너무 멋져.
미래의 내 모습, 기대되지?

나비 작가님의 나비 효과로
저 넓은 우주를 마음껏 날아
이 세상에 밝은 빛이 되어주길 기대할게.
우린 이미 빛일지도 모르겠구나.

04.

전복선_바로 행복이네

친구야, 안녕?
새벽 5시, 책을 읽을 때 설렘을 느끼는
복선이라고 해.

벌써 7년 전 일이구나.
규빈이가 돌이였을 때,
복직하면서 느꼈던 혼란한 상황과 감정들이
나를 더 세차게 내몰았지.
그 상황에서 세상 하나뿐인 엄마가
돌아가시는 순간까지….
모든 시간은 나에게 아픔으로 남아있어.
원하는 시간에 원하는 사람을 만나러 가는 일조차 힘들었던
삶의 한 구간 또한
나를 힘들게 했지.
하지만 이제 알아.
그런 시간들과 고민들 덕분에
나는 새로운 문을 열고
또 다른 세상을 만나게 되었다는 걸 말이야.

그때를 떠올려보니
나는 많이도 불안했어.
어두운 터널이 끝도 없어 보였지.
열심히 살고 싶었고
더 잘 살고 싶었던 나는
많이 발버둥 쳤단다.
그런 애씀과 노력 덕분에
나만의 세상을 발견하고 받아들일 수 있었어.

친구야,
이제 나는 나에게 이렇게 말해줄 거야.
"참으로 대견하다."
"토닥토닥, 칭찬해."
"참 잘했어."
너무 잘해왔고 뭐든 잘 해낼 나는,
전복선이야.
친구야, 우리 같이 힘내자.
행복은 우리 선택에 달려있어.

친구야!
나는 이렇게 생각해.
네가 옳다고 믿는 일을 위해
사랑과 진심을 담아 에너지를 전한다면

너의 존재는 빛난다고 말이야.
우리는 존재만으로 고맙고 감사한 사람이야.
존재가 가지고 있는 가치가
너의 깊은 내면에서부터 뿜어져 나오는 것 같구나.
너와 나의 존재는 우리 친구들 또한
존엄하고 평온하게 지켜줄 거야.

바다를 보면 내 눈과 마음은 사이다가 되는 것 같아.
달콤하고 톡 쏘는 짜릿한 맛!
시골에서 자란 내가 사이다를 마시는 것은
꿈의 시작과도 같았어.
나는 지금 사이다와 같은 삶을 살아가고 있어.
1년 뒤, 5년 뒤의 나를 상상하면
설레기도 하고 짜릿하기도 해.
아,
이 느낌이 바로 행복이네.

긍정적으로 생각하고 결정하는 나를
언제나 응원하고 사랑하며 살 거야.
내 마음 속 여행을 함께해 주어 고마워.
친구야, 넌 최고야!

05.
김나림_언제나 그러할 거야

나림아, 안녕?

나의 상상이 현실이 되는 경험을 할 때
짜릿함을 느끼는 빛김나림이라고 해.

벌써 10년 전 일이네.
천직이라고 여겼던 헤어디자이너를 뒤로 하고
너무나도 낯선 육아와 비즈니스를 함께 하면서
매일 한계를 느꼈어.
하지만 내가 선택한 길이었기에
나는 나에게 성공을 증명해내고 싶었어.
잘해내야 한다는 간절함으로 전국을 다니면서 애썼지.
여유로운 시선으로 그때를 바라보고 있는 지금의 나를
사랑 듬뿍 담아 뜨겁게 포옹해 주고 싶어.

지금 생각해보면
순간순간을 빛나게 살아 왔는데
그걸 몰랐던 것 같아.

어느 날
구경하기도 힘든, 판매해야 하는 신제품 박스를
아들이 다 뜯어서 바닥에 쏟아 부은 걸 보고
대성통곡했던 일, 기억나?
아이의 귀여움으로 볼 수도 있었는데
그땐 조바심으로 나와 내 주변을 힘들게 한 것 같아.
이미 열심히 잘 하고 있었는데
왜 스스로를 몰아 붙였을까.
이미 열심히 잘 하고 있었는데
왜 스스로를 인정해주지 않았을까.

이제는 나에게 이렇게 말해 주고 싶어.
"대단하고 장하다. 이미 난 충분해. 이미 난 멋져."라고 말이야.
나림아,
너무 애쓰지 않아도
'이미 그렇게 되었다'는 것을
너도 알고 있잖아.
나는 결국 해내는 사람,
존재로 빛나는 사람이라는 것도 말이야.
나를 인정해주고 사랑해주니
내 마음이 따뜻해지고 있어.

바다를 보면

나는 바람이 된 것 같아.
그리고 자유로움을 느껴.
파도와 악수하고 하늘과 포옹하고 싶어지기도 해.

나는 바다처럼 모든 것을 수용하면서 살고 싶어.
하늘처럼 희망의 존재가 되어서 말이야.
그런 삶, 함께 살아내자.

도전적이고 열정적인 나림이와 대화할 수 있어서
감사해.
내 이야기를 들어줘서 고마워.
지금처럼 나와 너를 꼬옥 안아줄게.
언제나 그러할 거야.
빛김나림,
사랑해.

우리는 자신이 가진 보물을 마음 깊이 의식하는 순간
비로소 살아있다고 말할 수 있다.
- 손턴 와일더 -

06.
신임선_숨이 멈추는 그 순간까지

친구야! 안녕?
아픈 친구 위해 맛난 음식해 주면서 즐거워하고
'어떻게 하면 희망을 갖게 할까?' 마음 쓰는 임선이라고 해.

46년 전, 나는 새색시가 되었어.
아무 것도 모르고 남들이 인정해 주는 착한 마음씨 하나로
30년 동안 시집살이를 했지.
잘 버티었어.
그때를 떠올리며 나에게 감사함을 느낀다.

세월이 화살처럼 지나
이젠 아들, 며느리, 손주들을 보고
맏손자가 고등학교 2학년 전교회장이란다.
정말 멋진 나의 삶이야.
46년 세월 속에
정석주 님의 시처럼
'대추 한 알 저절로 붉어질 리는 없듯이
천둥 몇 개 벼락 몇 개

나의 삶도 무서리 내리는 몇 밤을 보내면서'
인내로 살아온 나에게 편지를 쓰고 있구나.
피식 웃으며 마음 공부한 덕분에
감사로 물들이게 되는 나의 삶이란다.
꿈도 이루고 공부할 수 있는 여유가 생겼어.
잘 살아준 나에게 고마워.

체력은 국력이라면서 몸 챙겨 가며 항상 웃는 나에게
행운이 구름처럼 내 가슴속에 스며든단다.
손자 돌보면서 삶을 소홀히 생각하지 않고 보람된 시간을 위해
지금이 마지막인 것처럼 살고 있는 나는 정말 행복한 사람이야.

또한 예술과 문화생활을 즐기면서 늘 기쁘게 살아가고 있단다.
예술가로서 인정받을 수 있는 나의 실력 또한 나를 기쁘게 해 주고 있어.
이젠 글 쓰는 작가 되어서 더욱 감사해.
모든 것이 감사하단다.
남편과 손잡고 여생도 재미있게 보내고 싶다.

친구야!
나 정말 잘 살아 왔지?
어디에서 이런 에너지가 생기는 걸까?
그런데 요즘 몸을 무리하게 써서 무릎이 아파.

남들이 도움을 요청하면 가만히 있지 못해서 그래.
몸에서 신호를 주니 좀 쉬어가야 겠어.
지금은 내 몸을 경영할 때란다.
나를 사랑하면서 내 몸에 투자할 거야.
나이는 숫자에 불과하다는 말을 믿고
더 강한 열정으로 숨이 멈추는 그 순간까지
멋지게 삶을 펼쳐 보자.

넓은 바다를 보니
내 마음이 하늘이 되는 것 같아.
항상 웃고 남을 배려하면서 즐거워하는 나의 모습이 떠올랐거든.
행복 가득 실어 지평선 넘어 아픈 사람들 병 고쳐 주고
고민 있는 사람들의 이야기 들어주며
그들의 삶을, 나의 삶을 포근히 안아 주련다.
그렇게 멋지게 살련다.

끈기 있는 나에게 고마워하면서 살아갈 거야.
친구야!
지금처럼 밝고 곱게 살아가자.
함께해 주어 고마워.

07.

이정안_인생2막

정! 안녕?

40년 교직생활 후

인생2막의 2023년을 살고 있는 정안이라고 해.

나의 빛나는 출발을 응원해 주겠니?

짝짝짝짝짝!

10년 전,

맨발걷기를 학교현장에 도입했던 나에게도

박수를 보내주고 싶어.

학교에서 처음으로 맨발걷기를 시작할 때

나는 설렘으로 가득 찼지.

우리 아이들에게 이렇게 좋은 것을 가르쳐줄 수 있다니 말이야.

전교생이 하루에 한 번 이상 운동장에서 맨발걷기를 할 수 있도록

나는 여러 가지 전략을 세웠어.

아이들과 함께 달리기도 하고 손잡고 걷기도 했어.

운동장의 돌도 줍고 아이들에게 칭찬스티커도 주었지.

아참! 새콤달콤 사탕 선물이 빠질 수 없구나.

천 명이나 되는 전교생들이

빨주노초파남보 일곱 색깔 티셔츠를 입고
아침에 맨발걷기를 할 때는
너무 너무 행복했었지.

맨발걷기를 시작한 지 이제 3천 일이 다 되어가네.
하루도 빠짐없이 하는 맨발걷기 습관이
나를 아침형 인간으로 만들어 주었어.
두 가지 장점도 더 생기게 되었단다.
일찍 자고 일찍 일어나는 습관이 생겨서 참 감사해.
내 모습, 참 기특하고 대단해.
이제 인생2막 도전을 하고 있는
나를 더 응원해 주겠니?
나의 인생2막도
인생1막처럼
빛나리라 확신한단다!
마음에 드는 한 가지 일을 열심히 하는 습관이
우리의 운명을 바꾸어 줄 거야.

넓고 포근한 바다를 닮은,
나와 함께하는 사람들을 생각해 본단다.
소중한 사람들과 함께
남은 인생도 멋지게 만들어 볼 거야.

인생2막을 잘해내고 있는 사랑하는 나
정안이를
다시 한 번 응원해.
정이 너도 응원해 줄 거지?

사랑하고
사랑하고
사랑해.
내 인생을.

Claude Monet _ A Seascape-Shipping by Moonlight

08.

정선영_미칠 것 같은 행복

'지금 이 순간을 살아라.'
이 글을 읽고 난 후부터 내 삶은 빛나기 시작했어.
안녕?
난, 선영이라고 해.

3년 전 족저근막염의 고통 속에서
하루하루 살아내기가 힘들 때도 있었단다.
죽을병에 걸린 건 아니었지만
그 고통은 안 겪어본 사람은 모른대.
낮에는 하루 종일 일하고 저녁에 집에 오면 녹초가 되어버렸지.
밤새 통증에 시달려서 잠 못 이루는 날이 계속되었어.
지쳐가는 몸과 함께 마음이 우울해지고 극심한 공포에 시달렸다.
이러다가는 집에 주저앉아서 평생을 보낼 수도 있겠구나 싶었거든.

하지만 난 나를 포기하지 않았어.
내가 할 수 있는 온갖 방법을 동원했고
수소문을 통해 병을 치료할 수 있도록 고군분투했지.
그리고 난

병이 나았단다.
정말 멋지지?
몸이 점점 좋아지면서 정신력도 좋아졌어.

지금 생각해보면 고통의 시간이 나에게 주어졌던 건
다 이유가 있었던 것 같아.
그때 이후로 지금 내 삶이 얼마나 반짝거리는지
하루하루의 시간들이 얼마나 고귀한지를 알게 되었으니
너무 감사해.
나 자신을 초라하게 만드는 것도 나 자신이고
나 자신을 빛나게 만드는 것 또한 나 자신이었어.
지금 이 순간을 살아내자,
빛나는 삶을 살자,
생각하기 시작한 순간부터
내 삶은 진짜 빛나고 있었어.
그 빛을 따라 내 마음이 움직이고 있어.
빛나고 있는 내가 너무 멋져서 미칠 것 같아.

내 인생,
제대로 즐겨보기로 했어.
햇살에 반짝이는 바다처럼 말이야.
이제는 바다의 넓은 마음까지 닮아,
나와 함께하는 사람들도

빛날 수 있도록 넓어질 수 있도록 도울 거야.
이 또한 미칠 것 같은 행복이지.

아, 내 인생 최고야!

Edvard Munch _ Summer night by the beach

09.
김민주_손 꼭 잡고 지금처럼

희망아, 반가워.
든든한 가족들이 있어서 행복한 민주라고 해.

어느새 20년이 흘렀네.
30살 늦은 나이에 야간 대학생이 되었던 나,
공부에 대한 미련이 많았기에 어려운 결정이었지만
가족들의 응원 덕분에 도전할 수 있었어.
시험기간엔 새벽까지 공부하고 회사에 출근을 했었지.
힘들었지만, 20대부터 60대까지
다양한 연령층의 사람들과 어울리면서
새로운 경험을 할 수 있는 귀한 시간이었어.
장학금을 타고 뿌듯함과 자신감을 선물 받았던 시간,
초등학교 졸업식에도 오지 못했던 엄마와 함께
학사모를 쓸 수 있었던 추억을 소환하니
기쁨의 눈물이 나네.

돌아보면 미련할 만큼 노력한 나였어.
그런데도 늘 부족해 보이는 나를 미워하고 자책하며 살았구나.

이제는 나에게 이렇게 말해 주고 싶어.
"민주야. 참 잘 살아왔어. 더 많이 아끼고 사랑해 줄게. 잘 지내자."
편지를 쓰며 내 마음을 전할 수 있는 지금 이 순간,
참 감사해.

희망아, 나는 이런 생각이 들어.
지금처럼만 살아도 충분하니까
여유를 좀 가지고 살면 좋겠다고 말이야.
꾸준하고 끈기 있는 사람 하면 바로 '나' 라는 거, 너도 알지?
내가 얼마나 열심히 사는지,
누가 뭐라고 해도 내 인생의 주인공으로 살아가는 내가 참 좋아.
나와 함께 잘 살아주어서 고마워.

바다를 보니
마음에 공간이 생기네.
희망아,
나는 바다처럼 넓은 마음을 가지고 싶어.
그래서 아프고 슬픈 기억은 파도에 날려 보내고
웃음과 행복이 넘치는 삶을 살 거야.
우리 손 꼭 잡고 지금처럼 함께 하자.

잘 듣고 잘 배우는
나에게 감사하며 살 거야.

따뜻한 품을 내어 주는 희망아,

고맙고 사랑해.

Raoul Dufy _ La baie des Anges a Nice

10.
이정숙_자녀들이 그리워하는 부모로

정숙아, 안녕?
가을빛이 아름다운 가창 최정상에서
남편과 백구(진돗개)랑 같이
맨발걷기 할 때 상쾌함을 느끼는 정숙이야.
너랑 이름이 똑같아서 더 반가워.

25년 전, 1998년 4월 17일 중리동 사무실.
그날은 봄날답지 않게 내 마음이 서늘했단다.
IMF 이후 최악의 시장에서 살아남은
리더의 강의를 듣고 얼마나 울었는지 몰라.
나이가 많았지만 부자로 살고 있던 선배의 모습을 보고 결단했다.
나도 그와 같은 리더가 되리라고 말이야.

열심히 현장을 뛰어 다녔어.
"딱 한 사람만 소개시켜줘."
보이는 사람마다 부탁했어.
만나고 소개받고 만나고 연락하고,
만나고 또 만나고,

사람과의 만남으로 내 삶이 가득 찼지.
부자로 살고 싶었어.
세계 여행도 하고 싶었어.
꿈이 있었기에 열심히 살 수 있었단다.

25년이 지난 오늘,
지금의 내 삶에 감사해.
그리고 나에게 말을 건네 본다.
"현장을 뛰며 공부하며 정말 열심히 살아온 정숙아,
기특하고 장하다. 참 잘했어."
그때를 생각하니 미소가 지어져.
어렸던 지원이와 효빈이를 두고 늦게까지 일하면서
미안한 마음으로 사느라,
고객과 파트너 챙기느라,
나 스스로를 있는 그대로 인정해 주지 못해 미안하기도 해.
지나 온 내 삶에 토닥토닥 해주고 싶어지는 아침이다.
돈도 부족하고 시간도 부족한 가난한 마인드를
대물림하지 않기 위해
공부하고 행동으로 보여주었던 나를 믿고 사랑한다.
가을햇살이 좋은 최정상에서
고즈넉한 풍광을 누리고 즐기게 된 여유에도 감사하다.

바다에서 뛰노는 아이들이 있는 명화를 감상하며

손주 도형이를 만날 설렘으로 다시 손주의 영상을 보았다.

나의 오랜 친구, 정숙아!

우뚝 솟은 등대처럼 넓은 소망을 품은 바다로,

우리 자녀들이 그리워하는 부모로 살고 싶어지네.

눈물도 많은 정숙아!

나는 너에게 감동한단다.

함께하는 사람들에게도 감동하는 너를 언제나 응원하고 사랑할 거야.

고마워,

잘 살아가고 있음이 축복이야.

Edward Henry Potthast _ Children by the Sea

11.
서순옥_이제는 마음껏

안녕, 친구야?
매일아침 숲속을 산책하면서
가슴 설레는 순옥이라고 해.
새벽운동 하며 즐겁게 걷고 있는 남편에게
해맑은 미소를 짓는다.
바쁜 일상이지만
많은 인연들과 만나고 마음을 나누는 걸 좋아하지.

내 나이 서른이었을 때 즈음,
힘들고 어려웠던 일들을 생각하니
어떻게 그 모든 걸 해냈을까 대견하구나.
"순옥아, 참으로 잘해냈어."
나에게 고마움과 사랑을 보낸다.

친구야!
나와 너는 존재만으로도 소중하고 특별한 사람이야.
푸른 바다를 바라보면
자상했던 엄마가 떠올라.

파도소리는 엄마 목소리가 되어
내 귓가에 들려온다.
푸른 바다와 엄마를 닮아
나도 사람들을 자상하게 대해주련다.
파도소리와 엄마를 닮아
나도 사람들에게 당신은 특별하다고 말해주련다.

단단함으로
양돈이라는 외길만 걸어온 나를
이제는 마음껏 사랑해 주고 싶어.
평온함이구나.
내 삶이구나.

배려 잘하는 네가 있어서,
잘 웃는 내가 있어 오늘도 행복하다.
지금처럼 우리 함께 행복하자.

12.
이진결_행복 전도사 희망 전도사

친구야, 안녕?
산책하며,
내 주위 모든 사람을 위해 기도할 때
행복함을 느끼는 진결이라고 해.

2014년 6월 어느 날,
고위험 산모라 동산병원에서 딸 서연이를 낳았을 때
고관절 탈구와 근육사경 판정을 받았었지.
믿을 수 없었어.
그날 이후 나는 죄책감과 우울증까지 겹쳐 울기만 했어.
아무도 모르게 말이야.
보조기를 차고 병원 치료를 다니며
집에서는 스트레칭까지 병행하느라
몸도 마음도 지쳐갔지만
내 아이를 살리고 정상으로 만드는 게 중요했어.

벌써 9년이란 시간이 흘렀구나.
결혼 3년 만에 시험관으로 어렵게 가진 아이,

그땐 힘들어 죽을 것 같았는데
더 힘들어 하는 아이를 바라보고 있자니
엄마로써 해줄 것이 없어 가슴 아팠지.

그런 아이가 지금은 완치되어 아주 건강해졌어.
감사하고 또 감사하며 나에게 편지를 쓰고 있구나!
고군분투했던 나를,
애쓰고 애썼던 나를,
많이도 힘겨웠을 나를,
인정해 주지 못하고 아껴 주지 못해 미안해.
늦었지만 그때의 나를 인정해주고 이해해주려 해.
"진결아, 정말 애썼어. 내 딸 서연이를 지켜줘서 정말 고맙다.
그리고 잘 버텨 주어 고마워.
이제는 맘껏 웃으며 행복만 누리길 바랄게."

난 바다를 보면
가슴이 뻥 뚫리는 것 같아.
바다처럼 푸른 숲처럼 살고 싶어.
바다처럼 넓은 마음으로
내 아이와 모든 이의 생각을 존중해 주는 행복 전도사가 되고 싶어.
푸른 숲처럼 깊은 마음으로
내 아이와 모든 이에게 꿈을 전해주는 희망 전도사가 되고 싶어.
그렇게 산다면 얼마나 행복하고 뿌듯할까?

잘 웃고 밝은 나로 다시 돌아와 줘서
늘 고마워하며 그렇게 살 거야.

친구야!
나에게 늘 고마워하며
너에게 늘 고마워하며
나를 사랑하며
너를 사랑하며 살게!
내 이야기를 들어주어 고맙다.

Henri Edmond Cross _ Sunset On The Lagoon Venice

13.

권혜인_**희망을 주는 사람**

친구야, 안녕?
새로운 것을 배우고
도전할 때 성취감을 느끼는 혜인이라고 해.

벌써 한 달 전이구나.
3교대 일을 하면서
진짜 하고 싶었던 일들을 마음에 담아두고만 있었지.
3개월 전,
6시에 시작하는 미라클 모닝을 듣고
영혼이 잠자고 있던 나를 깨웠어.
지금은 뿌듯함을 느끼고 있어.
과거의 나에게 하고 싶은 일을 시작해도 된다고 알려주고 싶어.
다른 애들보다 일찍 취업한 나이지만
새로운 일상을 산다는 생각에 너무 설레고 있는 요즈음이야.

지금 생각해보면,
바로 도전할 수 있었던 일들을 그때는 왜 망설였을까 싶어.
피곤해서 쉬고 싶었어.

그때의 생활에 만족하고 있었어.
그런데 일상이 반복되니 지치더라고.
내가 할 수 있는 일들이었는데
해낼 수 있다고 나에게 자신 있게 말해주지 못해서 미안해.
그래서 늦었지만 그때의 나를 이해해 주려 해.
"고생했어. 그리고 잘 견뎌내 줘서 고마워."라고 말이야.

친구야.
나는 이렇게 생각하게 되었어.
이제는 무엇이든 해낼 수 있다고 말이야.
내가 도전해서 이룬 것들, 너도 알고 있지?
나는 해낼 수 있고
존재만으로도 인정받을 수 있는 사람이란다.
다른 누군가에게 인정받지 않아도 되는,
나 자신이 인정해 주면 되는 그런 사람 말이야.

나에게 진심으로 고마워.
성취감과 행복함에 가슴이 벅차오르는구나.
자랑스러운 나,
권혜인.

바다를 보며
지금 나는 자유롭다고 생각을 했어.

걱정이 달아나고 상쾌한 기운이 들어오면서
자유로운 나를 느끼고 있어.
나는 바다를 닮은 하늘처럼 자유롭게 살고 싶어.
누군가에게 희망을 주는 사람이 되고 싶기도 해.
그런 내가 되면 얼마나 기쁠까?

이제는
도전을 좋아하고, 새로운 것을 좋아하는 나에게
잘해냈다고 늘 말해줄 거야.

내 이야기를 들어줘서 고마워. 친구야.
고마워.

나는 "고맙습니다. 나는 진실로 복 받은 사람입니다."라고
말하지 않고 지나간 날이 단 하루도 없다.
- 오프라 윈프리 -

14.
이숙희_이젠 누구보다도

이쁜아, 안녕?
민주지산 7시간의 산행 후
정상에서 굽이굽이 내려다보이는 능선들을 바라보는 너의 얼굴엔
뿌듯함이 묻어 있구나.

벌써 20여 년 전 일이네.
새벽 시간, 아파트 엘리베이터 안에서
우유와 신문을 정리하던 때가 생각이 나네.
엘리베이터 문이 열리면
서로 얼굴이 마주쳐 당황하는 주민들이 가끔 있었어.
이집 저집 뛰어다니면서 우유와 신문을 배달했어.
월말이 되면 일일이 집으로 찾아가서 대금을 받아야 하는데
이사를 가버리거나 현관문을 열어주지 않는 사람들 때문에
못 받을 때도 가끔 있었어.
지금은 지로와 이체가 잘 되지만 그땐 참 힘들었지.
그 시절로 다시는 돌아가고 싶지는 않아.
하지만 너무도 열심히 잘 살아왔어.
늦었지만 기특한 나를 마음껏 칭찬해 주고 싶구나.

열심히 살아온 나인데 왜 인정해 주지 않고 몰라주었을까?

힘들면 친구들 만나서 술 한 잔 하며 풀었지.

이젠 누구보다도 난 나를 이해해.

내 이름을 불러 본다.

숙희야,

고생했어.

고마워.

그리고 사랑해.

이쁜아!

난 나에게 마음껏 고마워하며 살 거야.

오늘도 최선을 다해 열심히 살아온 나, 고마워.

경제적, 시간적 자유를 누리기 위해 힘쓰는 나, 고마워.

오늘 하루도 건강한 나의 몸, 고마워.

나는 존재 그 자체만으로도 고마운 사람.

대단한 나, 고마워.

오늘도 여유롭고 평안하게 잘 지내는 나, 고마워.

지금도 잘하고 있고 앞으로도 잘 할 거야.

내 삶의 주인공은 바로 나야!

바다를 보면

나는 평온과 여유로움이 느껴져.

너와 내가 둘이서 모래사장을 걸으며

파도 소리를 들을 수 있는 바다가 좋아.

이쁜아!

나는 가슴이 뻥 뚫리는 바다가 좋아.

내 안의 모든 미움과 걱정들을

파도가 가져가 버릴 것 같거든.

난 바다가 좋아.

이쁜아, 바다 가자.

Pierre Auguste Renoir _ Seascape

16.
김순기_우리 함께 그렇게 살자

나의 단짝아!
이번 주는 친구들과 수목원에 가서 산책을 했어.
도란도란 이야기 나누며 행복한 시간을 보냈단다.
나의 단짝아!
우리가 함께 했던 지난날도 돌아보자.

마흔 살이 되던 해의 3월,
아버님 어머님 두 분이 편찮으셔서 많이 당황하고 놀랐지.
한 분은 집에서 몸을 보살피고
또 한 분은 입원과 퇴원을 반복하셨어.
식사 챙겨 드리는 일과 이불빨래,
병원 모시고 다니면서 가게 일까지 하느라
나를 돌아볼 여유도 시간도 없이 지내왔구나.
그런데 나에게 단 한 번도 수고했다, 고마웠다,
말 한마디 못해 줬어.
정말 미안해.
단짝 너에게도 말이야.

치매 어머님 때문에 밤을 꼬박 새우고도
새로운 하루를 시작해야 하는 고된 삶 때문에 눈물만 흘렸지.
왜 이렇게 힘든 삶을 살아야 하나 원망도 했지만
이 또한 지나가리라 생각하고 묵묵히 참으며
어르신을 끝까지 모신 것은 정말 잘 한 일이야.
대견하고 장해!
이제라도 나를 칭찬해 줄 수 있어서 흐뭇하구나.

바다를 보면
친구들과 웃고 떠들며 물놀이했던 옛 추억이 생각 나,
입가에 웃음이 묻어나온다.
바다는 답답한 내 마음을 시원하게 해 주고
푸른 빛깔은
내 마음을 평온하게 해 준단다.
햇빛에 비치는 은빛 물결은
설렘과 위로를 주는구나.

단짝아!
너도 바다가 되어 많은 사람을 위로해 줄래?
우리 함께 그렇게 살자.
그리고 너랑 나랑 자유를 누리며
넓은 마음으로 여유롭게 살자.

단짝 네 덕분에 순기라는 이름으로 살아오고 있단다.

고마워.

늘 그랬던 것처럼 항상 같이 할 거지?

앞으로는 너를 외롭게 하지 않을게.

많이 아끼고 사랑하며 칭찬해 줄게.

정말 고맙고 사랑해.

안녕!

William Turner _ Seascape

17.
김진숙_나의 늘봄이에게

늘봄아, 안녕?
무탈하게 눈 뜬 오늘이 감사하고
무싯날 같은 일상이 행복한 진숙이야.
오늘 진숙이는
어린 늘봄이를 천천히 마주하려 해.

27년 전이네.
신혼이라는 달콤함보다
삶을 살아 내는 것을 먼저 배워야 했던 그때.
고속도로 6중 추돌 사고, 남편의 맹장수술,
낙찰계 부도, 무급의 직장생활,
생계 수단이던 2.5t 화물차를 도난당하기까지.
설상가상이던 때,
구입한지 한 달 반 만에 잃어버린 차 할부금을 들고 은행에 가서
창구로 가지도 못하고 의자에 앉아 얼마나 울었던지….
실컷 울고 나서 생각했지.
'차만 잃어버려 다행이다.
남편이 교통사고 나는 것보다 백 번 낫다.'고 말이야.

그리고 매달 은행을 나서던
스물여섯 살 새댁 늘봄이.

임신해서도 990원짜리 1리터 우유 한통을 못 사
슈퍼의 냉장고 문을 열고 닫고 열고 닫고
결국 빈손으로 나오던 늘봄이.

오늘은 늘봄이를
넓디넓은 바다로 데려가 쉬게 해 주고 싶네.
아무 것도 하지 않고
어떤 생각도 하지 않고
쉬게 해 주고 싶네.

늘봄아!
힘들고 서러웠지?
단 돈 천원이 없어도 웃을 줄 알고
부모님께 의지하지 않고 어른이 되어 준 너를 칭찬해.

돈이 없어 서러운 사람도
자식 때문에 마음 고생하는 사람도
몸이 아파 힘든 사람도
너의 경험과 깨달음으로
따뜻하게 안아주고 공감해 줄 수 있는 중년의 늘봄아!

미안해.

사랑해.

그리고 고마워.

Ivan Aivazovsky _ Sunset

18.
박경희_깨달았어

사랑하는 내 친구, 안녕?
파란 가을하늘이 너무 예뻐서
행복을 느끼는 경희라고 해.

내 나이 서른 초반 때,
둘째아이가 고열로 뇌수막염을 앓았어.
그리고 남편 사업마저 어렵게 되었어.
세상이 무너져 내렸지.
목도 가누지 못하는 아픈 아이와 어려워진 형편.
먹고사느라 나를 돌아본다는 것조차 사치였던 그 시절.
기억만으로도 가슴이 찡하고 눈물부터 고인다.

지금 생각해보면
앞만 보고 열심히 살아온 내 인생인데
그땐 왜 살펴주지 못했을까.
지친 삶에 힘들다고 눈물만 채우고 살았지.
진짜 위로가 필요한 사람은 나였는데 말이야.
나 자신을 안아주지 못해서 너무 미안해.

늦었지만 그 고통 이겨내 줘서 고맙고
정말 대견하다고 말해주고 싶어.

사랑하는 내 친구야!
아팠던 아이는 잘 자라서 본인의 일을 찾았단다.
안정과 평온을 찾은 나는
그 많은 시간, 힘든 순간마다
네가 함께였다는 걸 이제야 깨달았어.
네가 있어서 다 견딜 수 있었던 거야.
너도 알지?
열심히 책임을 다해서 살아온 나.
존재감만으로도 충분히 사랑받을 자격이 있는 사람이라는 걸.
내 친구야,
이제는 옆도 돌아보고 세상구경도 하면서 천천히 가자.
나를 이해해주고 인정도 해 주면서 그렇게 살자.
그래도 돼.
진심으로 고맙다.
정말 애썼어.

넓고 푸른 바다를 보면
설레면서도 마음에 안정감이 느껴져.
자식의 모든 세상을 다 포용하는 엄마 품처럼
평온해지기도 하고 말이야.

나도 누군가에게 바다 같은 존재가 될 수 있을까?
그런 멋진 사람이 되고 싶네.

겁도 많고 눈물도 많은 나지만
누구보다 환하게 잘 웃는 나이기도 해.
험한 세상에지지 않고 더 당당하게 살아내고 싶어.
잘 이겨내고 잘 살아준 나에게 너무 고마워.

내 친구야,
고맙고 사랑해.

19.
이선정_나를 떠올리기만 해도

승희야, 안녕?
나 선정이야.
오늘은 너에게 내 마음 이야기를 해 보려고 해.
그동안 세월이 많이도 흘렀구나.

삼십 대 초반,
둘째 아이가 18개월이 되었을 때 어린이집을 보냈지.
어린이집 문 앞에서 가지 않으려고
울던 둘째 아이를 억지로 떼어놓으며
아침마다 울며 출근해야 했던 그때가 생각난다.
시댁도 친정도 너무 멀어
아이를 돌봐줄 어른이 옆에 계시지 않았지.
그 때문인지 아이에게 야경증 증상이 나타나 한동안 힘들었어.
지금 생각하니,
아이에게 미안한 마음이 얼마나 컸었는지 알 것 같구나.
살면서 많이 외롭고 힘들었지만
정말 열심히 살았어.

돌이켜보니
아이들의 엄마로
남편의 아내로
부모님의 딸로
시부모님의 며느리로
정말 열심히 살았던 것 같아.
끊임없이 나를 채찍질하며 살았어.
그런데 그렇게 열심히 살았던 나를
스스로 인정해 주거나 칭찬해 주면서 살진 않았지.
이젠 나를 칭찬해줄래.

승희야,
나와 함께 그동안 정말 고생했어.
너와 나를 인정하고 칭찬해 주지 못해서 미안해.
그리고 잘 견뎌주어 고마워.

이젠 나를 돌아보려고 해.
그간의 어려운 상황을 잘 견디고
제2의 인생을 시작한 나를 칭찬해.
책임감과 성실함 그리고 다른 사람을 도우려는 마음이 있잖아.

존재만으로도 소중한 승희야,
내 이야기를 잘 들어주는 승희야,

고마워 그리고 사랑해.
쓴 글을 다시 읽어보니
가슴이 뭉클해지네.
새로운 희망이 보이는 것 같아.

잔잔한 바다를 보면 마음이 평온해지지.
한가로움을 느껴.
어릴 적 엄마의 치마폭에 쌓여 평온함을 느낀 것처럼 말이야.

승희야,
나는 평온하게 살고 싶어.
나를 만나는 모든 사람이 나를 떠올리기만 해도
평온함을 느꼈으면 좋겠어.
그런 삶,
생각만 해도 근사하지 않아?

승희야,
우리 제2의 인생을 시작하며
함께 인생 여행을 떠나보지 않을래?
바다고 좋고,
가고 싶은 곳 어디든 가보자.
그동안 나와 함께해 주어 고마워.
앞으로도 너와 함께할 거야.

사랑한다.

승희의 영혼,

이선정.

Piet Mondrian _ By the Sea

20.
이세미_자랑스러운 마음과 선택

나의 희망아!
안녕?
사람들이 나로 인해 건강해지고
내가 좋은 영향력을 미쳤다고 생각할 때
최고의 행복감을 느끼는 세미라고 해.

엊그제 같은 시간이 2년이 지났구나.
친정엄마가 아프셨을 때였어.
큰 수술로 하반신을 못 쓸 수도 있다는 통보를 받고
왕복 2시간 거리인 병원을 매일 오가며 눈물이 마를 날이 없었다.
알츠하이머(치매)를 앓고 계시는
시어머님도 돌봐야했던 나의 몸과 마음은
지칠 대로 지쳐 있었어.
좌절하고 우울해 하는 친정 엄마를 다독여가며
죄송한 마음과 불안함에 지옥 같은 나날을 보냈다.

지금은 본인의 강한 의지로 회복되셔서
건강히 잘 걸어 다니시고 웃음도 되찾으셨어.

그때 그 상황을 다시 떠올리니
가슴이 답답해 오네.
약한 나의 몸만 챙길 줄 알았지,
엄마가 힘들고 건강이 나빠진 걸 헤아리지 못했던 죄책감에
아직도 마음 한 편이 아려온다.

그런데 죄책감만 가질 게 아니었어.
나는 최선을 다했거든.
지금에서야 힘들었던 내 마음을 헤아려 본다.
참으로 미안한 마음이야.
늦었지만 나에게 말해주고 싶어.
여기까지 잘 살아줘서 대견하다고.

나에게 왜 이런 시련과 고통이 닥치는 것이냐고
원망과 좌절 속에서 살아왔던 그때가 부끄러워.
하지만 그 마음 또한 이해하고 받아들이기로 했어.
참! 잘했어.
아무나 할 수 없는 큰 결심과 용기 덕분이야.
나의 마음과 선택이 자랑스럽구나.

나의 희망아!
이제는 죄책감에서 벗어나
너의 멋진 미래와 행복하게 살 일만 남았어.

우리의 성실함과 책임감, 너도 알고 있지?
그동안 많이 애쓰고 노력하며 잘 살아왔어.
너와 나의 자리에서 최선을 다한 것에 무한한 칭찬과 박수를 보낸다.
우리는 존재만으로도 고마운 사람.
사랑스러운 세미!
사랑스러운 희망이!

바다를 보니
넓디넓은 엄마의 마음이 느껴진다.
자식들에게 자신의 영혼까지도 다 내어 주시는 엄마.
나도 넓은 마음을 지닌 바다처럼 살고 싶어.
나의 희망아!
바다처럼 온화하고 평화로운 마음으로
누군가에게 내 마음을 내어줄 수 있는 엄마 같은 존재가 되고 싶다.

언제나 진심인 너는
앞으로도 남을 헤아려줄 줄 아는 너다운 너로 살길 바랄게.
지금처럼 밝은 미소로 늘 함께하자.
진심으로 공감해주고 칭찬해주어 고맙다.
영원한 나의 벗,
멋진 희망아!
영원히 멋진 세미!

21.
김은정_행복해지자

친구야, 안녕?
하루하루 몸과 마음이 건강해지고 있는 나를 보며
희망이 넘치는 은정이라고 해.

15년도 더 지난 일이구나.
4살 큰 아이를 걸리고 돌쟁이 둘째를 안고
매일매일 버스를 타고 출퇴근하던 그때.
두 아이 육아에, 직장 일에, 집안 살림까지
너무 힘들었음에도
너무 지쳤음에도
투정부릴 여유조차 없었던 나였어.
지금 돌아보니 너무 애잔하고 안쓰럽구나.
그래서 나에게 말해 주고 싶어.

은정아, 고생했어.
너무너무 잘 버텨주어 고마워.
이제는 나를 조금 더 돌아보고,
나의 감정에 충실했으면 좋겠어.

언제나 내가 1순위가 되는 삶이 되길 바란다.

높은 파도가 불어도
태풍이 쳐도
결국엔 잔잔해지고 평화로워지는 바다처럼,
늘 한결같은 마음으로
늘 긍정적인 마음으로 살자.

행복해지자, 은정아!
지금까지 잘 살아왔어, 은정아!
사랑해, 은정아!

22.

김민아_내 사랑아

민아야, 안녕!
흥분과 열정으로 사랑둥이 제자들과 함께
필사하는 너의 모습,
빛나는 보석 같아.

아마 꿈 많고 달달한 신혼 때였지?
방 두 칸에 거실 겸 주방이 있는 월세 방 살면서
포크레인 한 대, 덤프트럭 한 대로
무럭무럭 잘 자라주는 우리 아들 뒷바라지 해가며
우리에게 다가올 행복과 성공을 서로 지지해주며
함께 열심히 살아온 날이 생각 나.
음력 정월 한기가 뼈 속까지 뚫고 들어와
입김마저 얼려버릴 것 같았던 날.
수리비 아낀다며 덤프를 직접 조립하며
손도 장갑도 얼어버린 당신을 보고 있으면서
몰래 울었던 일이 생각나.
그리서 기도했어.
'이 사람 부자 되게 해 주세요.

그럴 자격 충분히 있는 사람입니다.'라고 말이야.
그래서 우리는 지금 부자의 길로 가고 있나 보다.

지혜롭고 총명하고 싶다는 마음이 간절할 때 즈음이면
늘 실망과 좌절이 있었어.
지금 돌이켜 보니,
최고가 되고 싶고 인정받고 싶어
내 존재를 애써 각인 시킬 필요는 없었다는 생각이 들어.
그 공허함은 허상이었어.
그저 감사하며 돕고 싶은 마음이 들면
그대로 행동하면 되는 거였어.
나의 마음과 행동으로 또 다른 이가 더 행복해 할 때
나는 나 스스로를 돕는
지혜롭고 겸손한 성공자가 된다는 것을 깨닫게 되었단다.

친구야!
이런 말을 해주고 싶어.
강은 자신의 물을 마시지 않고
나무는 자신의 열매를 먹지 않으며
꽃은 자신을 위해 향기를 퍼트리지 않지.
늘 주위를 살피며 남을 위해 돕고 있는 너!
더 많은 것을 나눌 준비가 된 너!
너에게 뜨겁게 박수를 보낸다.

앞으로도 타인에게 인정받으려 하기보다
감사한 마음으로 더 좋아지는 것들에만 집중하며 살아가자.
우린 그러할 거야.

바다를 보니 생전 친정 엄마가 불러 주시던
'나의 사랑 클레멘타인' 노래가 생각나.
넓고 넓은 바닷가에 오막살이 집 한 채.
술 드시는 아버지와
예쁜 내 딸 맹희야(나의 본명이란다)
내 사랑아 내 사랑아
나의 사랑 맹희야.

바다의 넉넉함을 닮고 엄마의 따뜻한 품을 닮아
온기 있게 살라 하네.

작은 것에 감사할 줄 알며
타인의 아픔을 먼저 알아차리고 함께 슬퍼하는
오지랖쟁이 나의 이야기를 들어줘서 고마워.
마음부자인 내 친구야,
사랑한다.

23.
최경순_사랑하고 축복한다

친구야, 안녕?
아침에 눈을 뜨면
잘 자고 일어남에 감사기도를 하고
오늘도 잘 살아내자 외친다.

벌써 3년 전이었네.
새벽을 깨우는 '두근두근 624 독서모임'을 만나면서
작가의 꿈을 키울 수 있었지.
날마다 감사한 아침이었다.

참 잘하고 있는 경순아!
사랑하고 축복한다.

어떤 힘이었을까?
이 새벽에 나를 깨우는 강력한 힘!
지금 생각해 보면 그때 용기를 냈던 것,
참 잘한 일이었어.
글쓰기 하면서

궁정 에너지가 넘치는 사람들과
만남이 지속될 수 있어서 감사해.

존재 자체만으로도 감사한 경순아!
나의 성실함, 책임, 용기가
지금의 나를 있게 해 주었어.
스스로 인정하는 내 모습,
나는 내가 참 좋아.

저기 푸른 바다를 한 번 볼래?
어떤 폭풍과 비바람도
다 포용할 수 있는 넓은 바다처럼
내 마음도 그랬으면 해.
꽃을 사랑하고 자연을 사랑하는
나의 마음이 말이야.

그래, 그래!
그것이 나야.
사랑해. 그리고 축복해.
지금껏 잘해 왔으니
앞으로도 나의 미래는 희망을 닮아 있을 거야.
경순아!
참 멋지구나!

24.

이상민_나의 소중한 보물

상민아, 그때 기억나니?

현진이가 3살 때였나.

핸드폰 사업을 시작했는데 주춤거렸지.

하지만 누구보다 더 열심히 힘을 쏟았어.

가족만큼은 굶기지 않고 맛있는 음식,

먹고 싶은 음식 다 먹이고 싶었어.

아내와 아들에게 최고의 삶을 선사하고 싶었지.

끼니를 거르면서까지 사업에 집중했던 너의 모습을 떠올려 본단다.

힘든 적도 많았지만 그 순간을 이겨낼 수 있었던 힘은

가족이라는 존재 덕분이었던 것 같아.

그래서 더 열심히 일할 수 있었지.

가족은 너와 나의 소중한 보물이야!

앞으로도 힘든 일이 생기면 현진이가 3살이었을 때

네가 얼마나 열심히 살았는지 되돌아보면 좋을 것 같아.

열심히 살아온 너를 항상 대견하게 생각하고 있어.

항상 가족이 우선순위라는 걸 명심하며 살아가자.

상민아,

넌 진짜로 대견하고 멋지고 소중한 존재야!

오늘도 너는

푸르고 넓은 바다를 닮아 있구나.

늘 그러했어.

너의 마음과 삶의 자세는 바다였어.

힘내고,

가족과 함께하는 특별한 순간들을 만들어 나가며

지금처럼 건강하고 행복하길 바랄게.

나의 마음

아빠! 나는 말야,

킥보드를 탈 때 도움 주고 공놀이와 닌텐도 골프를 즐겁게 할 수 있게 해 주는

내 손에게 고마워.

근데 닌텐도 조절하기가 힘들어서 골프 게임할 땐 자꾸 지게 돼.

그래서 조금 짜증이 날 때도 있었어. 히히.

난, 엄마가 나를 돌봐줘서 고마워.

난, 아빠가 나랑 놀 수 있게 매일 일찍 좀 와주면 좋겠어.

그래도 아빠, 사랑해.

난, 내 동생 채민이가 오빠 동생으로 태어나줘서 고마워.

우리 가족을 생각하는 나의 마음이야.

* 이상민 작가님의 큰 아들, 8살 현진이가 쓴 글입니다. 정말 예쁜 마음을 가지고 있죠? 현진이가 지금처럼 멋진 모습으로 성장할 수 있도록 독자 여러분의 응원과 격려 부탁드립니다.

25.
권경희_희야

희야, 안녕?

40년 된 장롱 면허증을 들고 운전대를 잡은,

용기와 도전을 선택한 경희라고 해.

(눈앞에 펼쳐진 아름다운 풍광이 앞으로 걸어갈 인생길 같았어.)

벌써 30년 전 일이구나.

아들 둘을 둔 워킹맘, 예술 하는 남편.

힘든 생활에 매순간 몸과 마음이 벅찼어.

돌도 안 된 둘째는 이손 저손 맡기고,

어린이집에서 혼자 앉아 엄마를 기다리다

지쳐 있는 첫째 아이를 데리고 나올 때면

가슴에 대못을 박는 듯했다.

그때는 먹고 사는 게 너무나도 바쁜,

그런 나날들이었어.

힘겨워하던 너를 보듬어 주지 못해 너무 미안해.

지금에서야 그런 너를 이해해 주려고 해.

참 많이도 힘들었지?

애썼어.

이젠 내가 포근히 감싸줄게.

사랑한다, 경희야.

희야,

나는 말해주고 싶어.

지금부터는 조금 천천히, 쉬엄쉬엄 가도 될 것 같아.

너의 성실함, 친절, 책임감.

너도 알지?

존재만으로도 고귀한 사람이란 것도 말이야.

다른 누군가에게 이해받지 않아도 되는

스스로가 인정해주면 되는 그런 사람.

언제나 고맙고 감사한 경희.

바다를 보니 평온함이 밀려와.

바다처럼 모든 것을 포근히 감싸 안아주는

따뜻한 사람이 되고 싶어.

지평선 너머 미지의 세계,

희망이 벅차오르네.

남을 이해해 주려고 하고

긍정으로 무장한 마음으로

항상 웃음을 잃지 않는 나에게

고마워하며 살 거야.

나의 이야기를 잘 들어준 희야,

참 고마워.

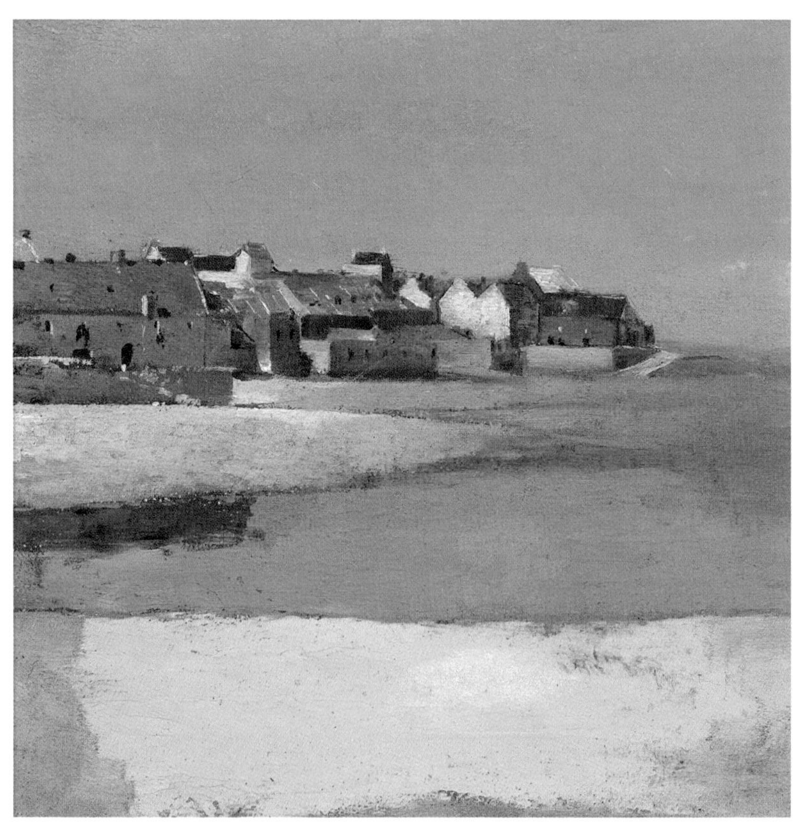

Odilon Redon _ Village by the Sea

26.
김미경_속삭임을 들어주니

미경아, 안녕?

난, 공기 좋은 자연에서 사색하는 걸 좋아하는 너의 영혼이야.

따뜻한 햇살, 산, 바람, 흙, 나무들, 흐르는 시냇물 사이로

따뜻한 햇살을 받고 있으면 나는 고요해지고 평온함을 느껴.

그 때 소울메이트 찰스가 나의 품에 포옥 안길 때면

사랑의 충만함은 덤이지.

미경아!

힘든 나날들을 극복하며 참 잘 살았다고 말해주고 싶구나.

사회라고 하는 세상의 첫 경험을 할 수 밖에 없었던 열일곱 시절,

모든 게 새롭게 느껴지던 어느 날 너는 깨달았지.

그저 웃고 떠드는 게 행복인 줄 알았던 친구들과

다른 길을 가야 한다는 걸 말이야.

그동안 몰랐던 수만 가지 감정들을 느끼게 됐어.

아! 스스로 책임지고 살아야 할 나이가 되었구나 싶었지.

학력으로 인정되는 사회 구조 속에서

많이 무섭고 두려웠던 것 같아.

그때 나는 미경에게 물었지.

영혼 : 만족하니?

미경 : 아니?

영혼 : 그럼 어떻게 살아가야 할까?

질문에 맞닥뜨린 순간 너는 달라지겠다고 결심하고
그 후로 만나는 사회 친구들을 통해 삶을 다듬기 시작했어.
너는 아르바이트를 닥치는 대로 하며
틈틈이 공부했고 주경야독을 했지.
그래 미경아,
네가 그때 이런 결심을 하지 않았다면
환경이 시키는 대로 살고 있었겠지?
장하다!
미래를 꿈꾸며 원하는 삶을 살기 위해 일하고 공부하며
정말 잘 살고 싶어 했던 너!
인정과 사랑을 받지 못해 항상 자존감이 낮아 있던 너였어.
좋은 교육환경에서 자랐으면 얼마나 좋았을까.
매일 푸념만 하고 살아왔던 결핍들.
그땐 하루하루가 주는 감사한 선물도 모른 체
모든 것이 다 마음에 들지 않는다며 우울한 나날을 보냈을까?

하지만 그때그때 나의 속삭임을 들어주고 결심해줘서 고마워!
그 덕분에 너는 너의 인생의 주인이 되었어.
모든 물방울들이 바다로 모여

하나의 큰 물결로 함께 어우러지며 살 듯,
각기 다른 많은 사람과 호흡하며 사는
큰 사람으로 성장할 수 있었던 것 같아!
미경아,
진짜 기특하다고 말해주고 싶구나!
그동안 너무 잘 살았고 앞으로도 너의 꿈들을 꼭 실현할거라 믿어!
항상 곁에서 응원할게.
사랑해.

Paul Gauguin _ Beach at Le Pouldu

27.

이정금_멋진 친구

친구야, 안녕?
새로운 도전을 할 때 설렘을 즐기는 정금이라고 해.
사업 7년 차쯤이었지.
하늘채 우리 집의 아침 8시,
한 달 전 정해진 스케줄로 충추로 강의갈 때를 떠올려 봐.
지금 생각해도 힘들었다 싶어.
강력한 목표로 사업성장을 이루고 싶었던 그 당시,
벌써 17년 전 일이구나.
두 아이를 둔 워킹맘,
함께 일하는 남편,
양부모님 봉양을 하면서도
항상 성공을 외치며 전국을 누비고 달렸다.
매일 빽빽한 스케줄을 소화했지.

지금 이렇게 환한 얼굴로 너에게 편지를 쓸 수 있다는 것,
그동안 열심히 잘 살아온 내 삶 덕분인 것 같아.
그 시절로 돌아간다면
부모님을 안아드리고 싶다.

악착같이 살아왔던 나의 애씀을
그때는 왜 몰라 주었을까?
나만 힘든 것 같고 억울하고 화가 나 있었지.
나의 고생을 인정해주고 고마워해 주지 못했어.
너무 미안해.
늦었지만 그때의 나를 인정해주고 이해해 주려 해.
애썼어, 아주 많이.
그리고 대견해.
지금 너의 행복한 모습,
멋있어.

친구야,
나는 생각이 달라졌어.
이제는 행복을 더 누리며 살고 싶어.
새로운 변화와 도전을 즐기는 나!
지금부터 나의 인생은 보너스야!
다른 누군가의 인정은 받지 않아도 돼!

바다를 보니
내 마음과 닮아 있네.
엄니와 아부지 생각도 나고 말이야.
친구야,
나는 바다처럼 공기처럼 살고 싶어.

사람들을 수용하고 이해하는 멋지고 큰 사람!

잘 웃고 잘 울고 잘 표현하는 나에게

늘 고마워하며 살자.

내 이야기를 들어주어 고마워.

멋진 친구,

고마워.

사랑해.

Edouard Manet _ Sea in Stormy Weather

28.

조외숙_이젠 나로 돌아간다

안녕? 내 친구.
세상에서 나를 가장 잘 아는 나.
예쁜 것을 보면 그냥 지나치지 못하는 나.
아픈 사람을 보면 마음이 함께 아픈 나.
할머니의 사랑을 듬뿍 받고 자란 할머니의 맏손녀 외숙이.

우리 엄마는 내가 고등학생 때 돌아가셨지.
엄마 잃은 슬픔을 느끼기도 전에
나는 아버지와 할머니, 줄줄이 동생들 챙기기에 삶이 바빴어.
두 팔을 걷어 붙히고
집안의 잔다르크가 되었다.

대단하다 조외숙!
너니까 해냈다!
너니까 할 수 있었다!
아들 바라는 아버지는 새엄마와 가정을 일구셨는데
새엄마는 아기를 낳고 난 후 얼마 되지 않아 병을 얻어 돌아가셨지.
어린 나이에 삶 옆의 죽음을 너무 일찍 알아버린 너.

아직까지 해마다 친정 제사까지 다 네가 모셨어.
참 장하구나, 외숙아.

동생들 다 시집보내고 사람노릇하며 살게 하고
부모 같은 언니로서 역할 다하며 살아낸 너를 칭찬해,

애썼다.
멋지고 장한 외숙아!

삶의 고비고비,
굴곡진 능선을 넘고 넘어
이젠 인생시계가 가을을 가리키네.
이젠 나로 돌아간다.
딸로서
언니로서
며느리로서
아내로서
엄마로서
이젠 할머니로서
역할들 재미있었다.

바다 그림을 보며 생각한다.
이런 내가 참 좋구나.

다채로운 삶을 잘 살아온 나,
다채로운 이야기를 담고 있는 멋진 바다.
내 삶과 바다는 닮아 있구나.

내 친구 외숙아!
이제야 우리 만났으니
서로 챙기며 토닥이며 안아주며 잘 살아가자.
바닷가를 거니는 여유로운 마음으로 잘 살아가자.
외숙아,
넌 참 멋진 사람이야.

Edward Hopper _ The Long Leg

29.
송태순_내 안에서 미소 짓는 어린 왕자님 보아요

오늘도 두려움과 안일함에 마음을 뺏긴 나에게 편지를 쓰고 있어.
숱한 시간이 지나고 벌써 아늑해져 버린 지난 봄이여,
그리워라.
무슨 마음으로 너를 찾고, 너를 만나,
얼마나 기뻤는지 아무도 모를 것이야.
한 치 앞도 못 보는 우리들 마음을 믿고, 기대고, 살아가고 있어.
그래서 인생을 일장춘몽이라고 하나 봐.

"왜 두려움이 생긴 거야? 왜 안일함에 익숙해진 거야?"
"응, 나의 뇌에 새겨진 익숙한 길 때문인 거 같아."
"어떻게 빠져 나올 수 있지?"

다시 글 쓰는 너로 돌아와 줘.
다시 해독트래킹 가며,
자연을 보고, 새소리를 듣고, 바다 바람을 느끼는,
그 때로 돌아가자.
너다운 삶으로 말이야.

내 안에 미소 짓는 그대,
어린 왕자님을 만날 테다.

잘 하려고 애쓰다 나를 잊어버렸어.
일도, 집안일도, 아이들 챙김도,
그렇게 나는 슈퍼우먼으로 살아오다가,

어느 새 아이들이 독립하고, 각자의 위치에서 살고 있는,
낯선 현재를 발견한 거야.
바쁠 때는 여유 없이 일방통행 했지만,
지금은 이해와 소통을 하려고 해.

무엇이 필요할까?

낯선 현재를 즐기기 위해
내 안의 또 다른 너와의 데이트를 결심했어.
도와줘.

올해 버킷리스트인 차 박 캠핑을 떠나고 만난
광활한 서해 바다와 함께
나의 눈부신 미래를 그림으로 담아왔어.

어느 오후 푸르른 바다가 보이는

현관 앞 정원 가까이 테이블이 있고,
바다 바람에 꿋꿋이 피어 있는 해당화를 보면서 서 있다.
한 손에는 붓이 있고, 또 다른 한 손에는 전화기가 들려 있다.

"효은아, 나 야생화 그리기 시작했어."

"엄마, 그림 그린다구? 재미있겠어. 보기 좋아. 주말에 내려갈게. 같이 식사해."

파도가 밀려오듯 행복함이 내 안으로 들어 왔다.

그래 다시 시작하는 거야.
바다처럼 거침없이 거대하게 끝없이 나아 갈 테다.
너답게 희망과 용기의 전도사가 되어,
다른 사람들의 행복도 함께 도우며,
물들이는 삶을 응원해.

너는 행복의 바다를 지휘하는
영혼의 선장이 될 것이야.

30.
노신희_용기와 어울리는 내 인생

용기 있는 친구야, 안녕?
결국 뭐든 해내는
나는 신희라고 해.

큰아이가 입시 준비를 위해 처음으로 운전해서 서울을 오가던 그때,
나에게 새로운 일이 찾아왔어.
참 바쁘기도 하고 설레기도 한 1년을 보냈어.
입시의 긴장감도 즐거웠고,
매일의 새로운 만남, 나의 인생의 도전 또한 설렜지.

그때를 떠올리면
누군가에겐 힘들 수 있는 일들을 설레 하고 도전하는 나를
멋있게 볼 수 있어 감사해.
두 아이를 키우느라 바쁘기만 했던 내가
어디서 그런 용기가 생겼을까?
힘들지 않냐고 묻는 말에도
난 왜 신이 났을까?

결과가 어떻게 될지 모를 그때,
커피 한 잔을 마시며 가던 고속도로에서도
서울 야경을 보면서도
딸 덕분에 내가 이런 경험을 하는구나
정말 딸에게 고마워했었지.
그때나 지금이나 늘 괜찮다고 말하는 나이지만
내 안의 나는 다른 이들처럼 불안함을 외면하며 애쓰고 있었을까?

그런데 친구야,
낯선 곳에서 새로운 도전과 만남은 늘 내 가슴을 뛰게 했어.
설렘으로 받아들일 수 있는 겁 없는 내가 나는 참 감사해.
사람들과의 관계 속에서
이해하는 폭이 커져가는 내 마음 또한 감사해.
큰딸의 막연한 도전과 그 과정에서
나 또한 두려웠지만 딸에게 용기 줬던 내가 감사해.

바다를 보면 한영이, 수영이 어릴 적이 생각났어.
시간이 가는 줄도 모르고
물놀이, 모래놀이를 즐겁게 하고 조개도 캐고,
아이들과의 추억 속으로 되돌아가.
사랑스러운 한영이와 수영이가 놀고 있는 모습을 보고 있는
우리 부부 모습도 떠올라.
늘 응원해 주는 나의 남편, 가족들, 그리고 사람들.

각자는 모두 파도와 맞서고 있어.
결국 파도는 물러가고
결국 시간은 흘러가지.
나는 결국 그 평화로움 속에 있게 되겠지.
난 뭐든 해낼 수 있다!
난 밝음을 볼 수 있다!
외치며 말이야.

잘 웃고 잘 우는
모든 것에 감사할 줄 아는
긍정적인 나에게 늘 고마워하며 살 거야.

내 친구!
나의 이야기를 들어주어 고마워.
늘 나를 응원해 주어 고마워.
내 편, 고마워.

31.
김명희_수많았던 그날과 함께 바다가 되어

올해는 온통 노란색이다.
비가 적고 건조하여 잎이 마르며 알록달록한 단풍이 들지 않는다.
작년에는 불바다가 된 것 같았는데.

그래서 신비롭다.
자연은 단풍이 들겠다며 목표를 세우지 않는다.
내년에는 반드시 붉게 물들겠다 외치지도 않는다.
어느 해든 그저 자연스럽게 물든다.

곧 섭외가 들어올 것 같다.
<나는 자연인이다>라는 방송 프로에서.

2022년 3월 17일까지는 상상조차 못했던 일이다.
올라갔다 내려올 것을 왜 올라가는지
등산은 미친 짓이라 생각했던 1인이다.
특히, 산에서 사고를 당한 소식을 접하면
죽으려면 혼자 죽지 왜 여러 사람 고생 시키냐며
욕을 뭐같이 해댔다.

그랬던 내가 1년 9개월 만에 등산화가 아닌 맨발로
산을 오르내리길 200회를 해냈다.
생각해보니 신발을 신고도 그리 할 수 있었을까 싶다.

맨발걷기를 하는 사람들,
이제 주변에서 많이 볼 수 있다.
맨발학교에서 어른 학생들로 시작해 어린이에게도 확장되어
10년 이상 꾸준히 실행해 온 덕분에
범국민 건강프로젝트가 되었다.

맨땅에서 하던 맨발걷기를 산으로 옮겼을 뿐인데
사람들은 놀라기도 하고 신기해 하기도 하며 연신 발을 쳐다본다.
그럴 만도 하다.
며칠 전 발바닥이 편하지 않아 자세히 들여다보았더니
아주 작은 가시가 여러 개 박혀 있었다.
그날은 마음먹고 끙끙대며 가시를 빼내었다.
그런데도 다시 맨발로 산을 오른다고 하면 미쳤다고 하겠지.
그때 내가 등산을 미친 짓이라 했던 것처럼.

"이렇게 하면 10시간도 하겠다."며
말도 안 되는 말을 뱉어버린 첫 날.
"혼자는 못 가니까 같이 가자."며 둘을 꼬셔 출발한 두 번째 날.
"친구야 산에 가자."며 30년 지기 친구와 100여명이 함께한 그 날.

어제도 오늘도 행복하게 미친 나날을 보낼 수 있는 것은
수많았던 그날 덕분이다.

그날들 속에는 함께 한 동지가 있다.
한두 번 다녀간 동지도 있고 지금까지 함께하는 동지도 있다.
누가 뭐라 해도 꿋꿋하게 맨발로 산을 오를 수 있는 것은
뜻을 함께한다는 의미가 담긴 동지가 있기 때문이다.

오르다 보면 산의 높이를 알 수 있는 표시가 있는데
해발 몇 미터라고 바다가 기준이 된다.
나도 바다 같은 넓은 마음을 기준삼아
우뚝 솟은 산처럼 사람들도 그리 솟아나도록 하고 싶다.

32.
박운주_뜨겁게 나를 응원한다

나는 나의 어린 시절을 회상하면
기분이 좋아진다.
지금도 그리운 나의 부모님, 나의 조부모님.
어김없이 감홍시가 익어가는 계절이 오면
항상 할머니 생각이 난다.
손주 손녀 사랑이 대단하셨던 할머니.
학교 다녀오면
"우리 손녀 공부하느라 고생 많았지?"
세상 따뜻한 눈빛으로 엉덩이를 두들겨주시던 할머니
아침 저녁 두 번씩 방을 닦으시고,
걸레를 하얗게 빨아놓으셨다.
아침이면 손주 손녀들이 벗어놓은
양말이랑 팬티를 뽀드득 뽀드득 빨아서 볕 좋은 마당에
빨래 장대기로 받쳐서 말려놓으시면 그게 기분이 참 좋았다.
우리 집은 감나무가 많았다.
제사에 쓰신다고
할머니가 곶감을 말려놓으시면
학교 다녀와서 우리 형제들은

곶감을 다 빼 먹었다.
손주 손녀들이 먹는 거라
할머니는 그냥 흐뭇하게 바라보셨다.
할머니는 워낙 정갈하신 분이라
고모집 언니가 그랬다.
"할머니가 치마폭에 사과를 싸 오셨는데 그래서 그런지
할머니한테선 항상 사과냄새가 나."

언제나 허허 웃으시던 할부지.
'결혼해서 잘 살아라'고
손편지를 써 주시던 할부지.
웃으면 오장육부가 따라 웃는다는 말처럼,
할부지는 건강하게 100세까지 장수하셨다.
나는 할부지의 총기와 웃음을 상속받았다.

"사랑아, 넌 눈이 유난히 반짝거려.
아부지가 천재인가 했잖아.
아부지의 빛나는 별이 되고 싶었지?"
우리 아부지 돌아가신지 8년이 되었네.
아부지 마지막 가시던 날,
작은 며느리가 아부지 입관하는
버선발에 이마를 대고 그랬다.
"아버님, 덕분에 행복했어요.

극락왕생하셔요."

아부지는 용돈을 잘 주셨다.
아부지의 지갑은 도깨비 방망이처럼
언제나 풍족했다.
아부지가 등록금 납부 영수증을 보여주시면서
"아부지가 2등 냈다."
하면서 자랑하셨다.
큰며느리 유럽신혼여행비 500만 원,
작은며느리 생일에 맛있는 거 사먹으라고 30만 원 용돈도 주시고,
며느리가 운동하다가 팔이 부러졌다고
몸조리 잘하라고 200만 원을 용돈 주시는 멋진 분이셨다.
설날에는 손주, 손녀, 며느리, 사위, 아들, 딸까지
봉투에 '건강 행복' 좋은 글귀를 적으셔서
세뱃돈을 주셨다.
울 아버지는 도덕적이고 윤리적인 분이셨다.
그런 삶의 모습을 자부심으로 여기고 사셨다.
사람들은 늘 그랬다.
울 아부지 진짜 품위 있고 인상이 좋다고.
아부지 좋은 인상 덕분에
큰며느리가 반해서 큰아들 장가도 보냈다.
큰며느리가 그랬다.
"어머님도 인상 좋았지만

아버님 인상은 너무 좋아서 거부할 수 없었어."
나는 아부지의 좋은 인상을 상속받았다.
나이 들어가며
아부지가 사람들에게 들었던 말들을 이젠 내가 종종 듣고 있다.
사람에게 신세를 지면 그냥 지나가는 법이 없으셨다.
사람의 은혜에 꼭 감사함을 잊지 않고 선물이나 돈으로 보답하셨다.
'40대 이후에는 자신의 얼굴에 책임을 지라'는 말이 있다.
나는 아부지를 보고 자라서
사람의 인품은 얼굴에 나타난다고 믿게 되었다.

우리 엄마 할 얘기 진짜 많네.
세상 사람 모두를
사랑하셨던 울 엄마.
눈물 많고 정 많은 울 엄마.
엄마 마지막 가시던 날,
하늘도 슬펐는지 부슬부슬
비가 내리고 이내 그쳤어.

4월에 요양병원을 가시고
병문안 갈 때 고속도로 산과 들에
갖가지 꽃들이 다 피고
봄이 이렇게 아름다웠나 싶었다.
눈이 부실 지경이었다.

그리고 5월 어버이날을 며칠 앞두고
엄마는 서둘러 아버지를 따라가셨지.
너무 분하고 억울했다.
너무 예쁜 엄마라 더 그러했다.
엄마를 고통 없는 곳으로 보내드려야 한다는 걸 아는데
아침마다 잠에서 깰 때
등에 소름이 끼쳤고
무서운 공포가 온몸을 엄습해왔다.
엄마가 가시고
문득문득 사무치게 그리워
눈물을 많이도 흘렸다.
내 생애 가장 슬픈 시간이었다.
엄마를 아시는 모든 분들이
아까운 사람이 가셨다고
엄마를 그리워했다.

세상 사람 모두에게 친절하고 사람을 존중하고 친절했던 엄마.
엄마는 밥 대접하기를 좋아하셔서
사람을 붙들어서라도 꼭 밥을 대접해서 보내셨다.
부엌에서 밥을 준비하는 엄마의 모습은
세상 신이 난 모습이었다.
그리도 좋으셨을까?
지금 생각해도 신기할 따름이다.

된장찌개에 시골밥상 한상 가득 차려내시고,

세상 행복하고 환하게 웃으셨다.

엄마가 돌아가셨다는 소식을 듣고

엄마의 밥상과 환한 미소를 기억하는 친구가 있었다.

엄마는 떡도 자주하셨다.

그리고 이웃 사람들에게 나눠주시기를 좋아하셨다.

나는 떡 배달 심부름하는 게 신났다.

김장은 시골배추로 삼 백 포기씩 하셔서

자식들과 이웃들과 나누셨다.

용서하는 마음,

신을 닮아 있던 울 엄마.

시부모를 30년 모시고 효부상도 받으셨다.

며느리에게 '여자로서 어머님 존경한다'는 얘기를 들었으니

울 엄마 성공하셨다.

자식, 손자, 손녀 22명의 대식구가 모여도

큰며느리가 엄마가 만든 두부를 좋아하고

큰사위가 더덕주를 좋아하고

작은사위가 떡국을 좋아하고

누가 무얼 좋아하는지

엄마는 다 기억하셨다.

좋아하는 사람에게 두 그릇을 챙겨주시고

가족모임이 끝나고

돌아갈 때 한사람도 섭섭한 사람 없이
엄마의 따뜻한 사랑을 듬뿍 받고
행복하게 집으로 와서 사람들에게 사랑을 베풀며
6개월을 거뜬히 살아냈다.
엄마가 마지막 가시던 날은 모두 눈물바다가 되었다.
자식들이 감사의 마음을 전하는 걸 보고
하늘도 같이 우는 것 같았다.

사과꽃처럼 곱디 고운 엄마는
사과꽃 색깔의 꽃무늬를 즐겨 입으셨다.
"사람이 환하게 입어야지.
니는 맨날 노색을 입노?"
불면 날아갈라,
엄마는 큰딸을 꽃처럼 사랑하셨다.
엄마 가시고 오빠에게 내가 말했다.
"오빠야, 엄마는 사람 사는 세상에
살기 힘든 사람이라서 천상으로 가셨다."
오빠도 맞다고 말했다.

사랑아,
좋은 부모님 밑에서 많은 사랑받고
소중한 추억 많아서
행복하고 언제나 감사한 마음

잊지 않고 항상 기억하며 살자.

내 삶에 가장 젊은 날
53세의 삶을 살아가고 있다.
여기까지 오느라 수고 많았다.
사랑하는 가족을 위해서
사랑으로 집을 가꾸고,
사람들에게
진심어린 칭찬을 아끼지 않고
친절함으로 계속 나아가길 응원해.
따뜻한 미소로 사람들에게 화답하고
매달 매주 매시간
인간적인 미소로 살아가길 응원해.
어머니를 닮은 유연하고 좋은 친화력으로
어린아이와 노인에 이르기까지
친구가 되고 싶은 너의 꿈도 응원해.
사랑아, 넌 멋지게 잘해 낼 거야.

사랑아,
일찍 일어나서
여유로운 아침을 맞이하고
좋은 공기 마시며
맨발걷기를 하고

신선한 야채와 과일을 챙겨먹고
단백질도 잘 챙겨먹고
근육 부자로 살자.
더 많이 웃고
더 많이 상상하자.
93세에도
책을 읽고 글을 쓰고
사랑하는 손주랑
경치 좋은 산을 오르고,
감사함으로
감사할 일을 더 많이 끌어당기며
사람들에게 좋은 친구가 되기를
뜨겁게 응원한다.

사랑하는 우리 가족
남편 종학씨.
큰딸 은지, 작은딸 수민.
막둥이 아들 승엽에게
감사와 사랑을 전하며
어릴 적 함께 울고 웃었던
배욱이 오빠와 동생 명화에게도
감사와 사랑을 전한다.

바다처럼
포용력과 넓은 마음을
가지고 계셨던
내 어머니처럼 그렇게
소중하고 눈부신
나의 오십대의 삶을 살아가려 합니다.

감사합니다.
사랑합니다.

Claude Monet _ San Giorgio Maggiore at Dusk

33.
문상희_내가 참 좋다

안녕?
함께하는 친구들이 있어 든든하고
나는 사랑이 많은 상희라고 해.

결혼 5년차,
2살 3살 두 아이의 연년생 엄마였던 시절.
남편은 새로운 일을 한다고
하던 일을 3개월째 쉬고 새로운 직업을 찾고 있었어.
과일을 너무 좋아하는 두 아이들에게
맛난 과일조차도 편하게 사줄 수 없게 되었지.
결혼 전에 마련해 두었던 비자금을 야금야금 빼 쓰고 바닥날 무렵,
불안감이 밀려왔다.
두 아이의 엄마인 나는 무엇을 해야 하나 고민했어.
그리고 결단을 내렸어.
옷을 좋아했던 나는 남아 있던 비자금 300만원으로
아동복 노점장사를 시작하게 되었어.

코딱지라는 간판을 걸고 오일장을 다 돌아다녔다.

결혼 후 나의 첫 직장이었지.
사계절이 어떻게 지났는지 모르고 살았어.
치열했던 나의 노점생활이 추억이 되어서
이제는 글을 쓸 수 있는 소재거리가 되는구나.
참 살 만 한 세상이다.

지금 생각해보니
그때 나는 비자금으로 신랑 눈치 안 보고
친정 부모님께 일 생기면 도와드리고 맛난 음식 사 드리려고 했어.
여행도 가고 싶었고.
그래서 결혼 전부터 모은 돈이었어.
나의 비자금이 잘 유지되면 좋겠어.

노점을 하면서 엄청난 일이 많았지만
덕분에 지금까지 살아오면서 시련이나 문제가 와도
이겨낼 수 있는 힘이 생긴 것 같아.

상희야,
수고했다.
너는 경험을 통해서 마음근육이 단단해져
뭐든지 할 수 있는 내가 되었구나!

바다를 바라보면

마음이 편안하고 안정감이 든다.
이제는 삶에 파도가 일어나도
파도가 잔잔해 질 때까지
기다려주는 여유로운 마음이 생긴
내가 참 좋다.
바다처럼 살아가고픈
내가 참 좋다.

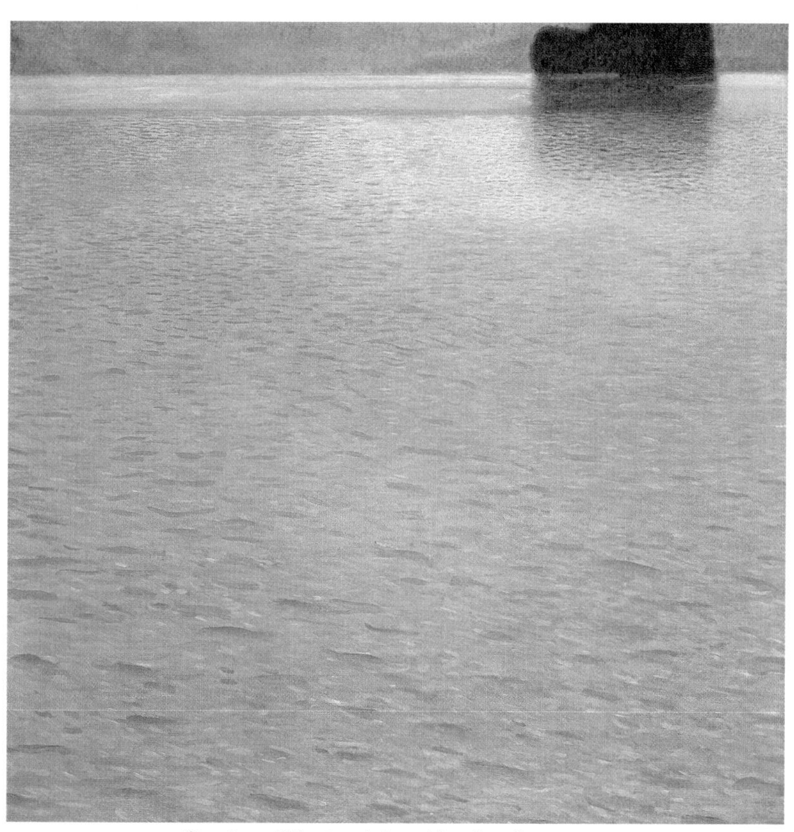

Gustav Klimt _ Island in the Attersee

34.
최예섬_**소중한 내 삶**

새로운 만남은 나를 설레게 한다.
인연을 소중히 여기는 예섬아, 안녕!

'나'라는 사람은
주어진 일이 무엇이든지간에
내 일처럼 진짜 열심히 했고 앞만 보고 달렸다.
힘들어하는 사람이 있으면
두 발 벗고 나서서 도와주었고 열심히 살았어.
그 수많은 경험 덕분에 못하는 게 없는 내가 되었지.
과거의 순간들을 회상해보니
그 안에 나는 없었던 것 같아.
나보다 아이들, 남편, 가족, 남들이 항상 먼저였어.
그때는 미처 알아차리지 못했던
시간적, 경제적, 육체적, 심리적 손실이 많았어.
그것뿐만이 아니었어.
어느 날 나에게도 충격점이 있었지.
아버지가 돌아가시고 난 뒤 깨닫게 되었다.
타인의 삶에만 열심이었던 나였음을 말이야.

지금의 나는
먼저 나를 사랑하고 내가 중심이 되는 삶을 살아간다.

바다를 보니
이 바다를 거쳐 간 수많은 사람이 생각나는구나.
내 삶을 거쳐 간 사람들도 떠오른다.
바다처럼 수많은 사람을 품어 수용하고 협업하여
넓고 깊은 마음으로
더 큰 행복을 만들어가는 사람이 되고 싶다.

타인의 행복과 나의 행복을 돕는 나.
따뜻하고 사랑이 많은 나.
늘 함께 하고 싶은 나.
나는,
이런 내가 좋다.
나는 내가 좋다.

part_02

고마운 당신 : 나무를 닮았네요

01.
이세미_버팀목

두 자식들 위해
힘이 들어도 견뎌내고
속이 상해도 내색 않고
언제나 강한 책임감으로
따뜻하게 우리를 지켜주신
사랑이 넘치는 나의 엄마,
박금서.

마음이 작아질 때면
얼굴만 보고와도
위로가 되고 평온이 느껴지는 엄마.

자식들에게 아낌없이 베푸시면서
당신에겐 소박하신 엄마.
이제는 엄마를 위해 살아가길 원합니다.
엄마가 좋아하는
보라색 옷을 입고 분홍 립스틱을 바르고
아름답게 살아요.

늘 그 자리를 지켜주심에

지금의 나라는 존재가 있는 것 같습니다.

엄마의 딸이라 감사하고 자랑스럽습니다.

이제는 제가 엄마를 위해 버팀목이 되어 줄게요.

지금부터 마음에 짐을 모두 내려놓고

행복여행을 떠나 봐요.

누가 뭐라고 하던 엄마는 그럴 자격이 있어요.

나의 가장 소중하고 빛나는 나의 엄마,

사랑해.

02.
최경순_밥은 무근나?

표현은 안 해도
언제나 따뜻하게 나를 안아주는
내편인 사람

나무를 닮은 당신
변함없이 언제나 그 자리에서
기다려주고
보듬어주고 품어주는
나에게 쉼이 되어주는
고마운 당신
그런 당신에게
가을의 여유로움을
선물해 주고 싶어요

그대를 보면
황금 들녘이 생각납니다
평화로운 당신
나를 기쁘게 해주는 당신

일하고 늦게 들어온 날
당신도 피곤할 텐데
어제는 볶음밥으로
오늘은 불고기 반찬으로
밥을 해 놓고
“밥은 무근나?”
묻는 당신

고마워요
감사해요
사랑해요

03.
이선정_내 편을 바라봅니다

베푸는 기쁨을 누리며 살아가는
영원한 내 편, 내 사람.

한결같이 그 자리에 머물러있는
소나무 같은 내 편에게 기대어봅니다.
나무 같은 내 편의 외로움이 느껴집니다.
외로웠지?
내가 함께해 줄게요.

새로운 인생 2막을 열어가는 내 편을 바라봅니다.
점점 감사로 물들어가는 내 편을 바라봅니다.
희망이 가득합니다.
빨주노초파남보.
무지개 빛깔의 열정이 느껴집니다.

백발의 할머니 할아버지가 되어
함께 손잡고 길을 걷는 모습을 상상해 봅니다.
서로를 바라봐 주고 인정해 주며

서로에게 용기를 줍니다.

서로를 향한 사랑의 언어를 통해

미운 정, 고운 정을

함께 나누며

우리

오래오래 함께 해요.

Vincent van Gogh _ Country Road in Provence by Night

04.
신임선_감사합니다

넓은 이해심으로
곁에 있어 주는 내 가족들
항상 여유롭고 아름다운 내 가족들
감사합니다

즐겁고 긍정적인 마음으로
살아갈 수 있도록 도와주는 내 가족들
푸른 소나무 같이 변함없는 내 가족들
감사합니다

빨주노초파남보 무지개 같은 가을 산을 닮은 내 가족들
오래오래 추억을 간직하면서
편안한 마음으로 소풍 온 듯 살아 보자고요

아들 며느리 손주들 그리워할 수 있는 할머니라
행복합니다
바다같이 넓은 품과 늘 푸른 소나무를 닮고 싶어
행복합니다

우리 모두

가슴 활짝 펴고 자유롭게 여행가요

내 가족들

우리 영원히 함께 해요

Claude Monet _ Flowering Plum Trees

05.

주순득_사랑의 분신

황금물결 일렁이는 벌판에
두 팔 벌리고 있는 허수아비
허수아비의 친구는
참새와 바람

허수아비처럼
말없는 고요함으로
나를 지켜주고 응원해주는
친구 같은 사람
허수아비의 친구들처럼
여유로움과 행복을 주는
고마운 사람
나의 자식들

고맙고 사랑해
아버지의 빈자리에
생기를 불어 넣어주고
소박한 기쁨으로

한결같은 내 편이 되어주네
소나무처럼 곧고 넓은 품으로
나를 안아 주네
더 높고 더 넓은 세상을 향해
우리 손잡고 함께 나가볼까
너희가 존경하는 엄마가 되도록 노력할게
사랑한다
많이많이

Edgar Degas _ Olive Trees against a Mountainous Background

06.

이정금_내 사람 내 사랑

편안함으로
항상 우리 곁을 지켜주는
내 사람

평온하고 따뜻한 가슴과
넓은 어깨를 내어주는
내 사람

핑크 빛
옐로우 빛
그린 빛깔
꿈을 꾸게 해주는 내 사람

사랑을 닮은
평화로운 내 사랑

미안합니다
고맙습니다
존경합니다
사랑합니다

07.

변혜영_**사계절 당신**

봄에 피어난 새싹처럼
따뜻하고 고요한 당신

여름날 싱그러운 초록 호수같이
편안한 당신

풍요로운 가을의
단풍 같은 당신

겨울의 앙상한 나뭇가지 위에 내린 하얀 눈처럼
나를 품어 주는 당신

당신의 헌신 베풂 사랑으로
지금의 내가 있습니다
감사하고 감사합니다
이 가을
외할머니 당신이
너무 그립습니다

08.
김민주_가족 나무

햇살이 비추는 날도
비바람과 폭풍우가 휘몰아치는 날도
언제나 함께 하는 우리 가족

넉넉한 품에서
편안하게 쉴 수 있어
감사합니다

희로애락 속
카멜레온 같은 삶을
살아가는 우리 가족

항상 함께 하는 아버지
언제나 내 편 울 엄마
세상에서 하나뿐인 소중한 나의 보물 보승아
사랑합니다
고맙습니다
덕분에 나는 지금을 살아냅니다

한결같이 버팀목이 되어 주는
민주의 가족 나무는
오늘도 따뜻하게 서로를 안아 줍니다
'지금 이대로 충분해.'
라는 진심과 함께

William Turner _ Mortlake Terrace

09.
서순옥_사랑을 전합니다

노랗고 큰 은행나무처럼
든든한 사람

내가 하는 일마다
한결같이
인정해 주는 당신

든든한 버팀목처럼
지치고 힘들어도
이겨내는 사람

넓은 마음으로
기쁨과 행복을 주는 사람
여유로운 마음으로
모든 것을 포용하는 당신
사소한 일에도 감동을
실어주는 사람

언제나 함께 있어주어 고마워요
당신의 향기가 나에게 힘이 되고
우리를 더욱 빛나게 합니다

나의 마음 담아
고마움과 사랑을 전합니다

Alfred Sisley _ Spring in Bougival

10.
전복선_나무그늘 아래서

튼튼한 울타리로 언제나 우리를 지켜주는 커다란
내 사람
어렵고 힘든 상황에도 굴하지 않는
내 사람
묵묵함으로 어떤 위기도 거뜬히 헤쳐 나가는 불사조 같은
내 사람

초록을 사랑하는 자유로운
당신
두 딸과 아내를 포용해주는
당신
믿음직하고 고마운 내 영혼의
휴식처

너무 잘 살아 왔어
수고했어
고마워

우리 함께
푸근한 나무와 행복의 그늘을 만들어 가자
우리가 마음을 모으면
훌륭한 나무그늘이 만들어 질 거야
그 나무그늘 아래서
우리 아이들이 꿈꾸고 뛰어놀고 성장해 가고
우리 또한 삶을 사랑하며 살아가겠지
내 삶에서 가장 빛나고 있는
당신

우리 함께
온 몸과 온 마음으로
멋지게 삶을 살아내어 보자

우리를 행복하게 해주는 사람들에게 감사해야 한다.
그들은 우리의 영혼에 꽃이 피도록 가꾸는
신비로운 정원사와 같기 때문이다.
- 마르셀 프루스트 -

11.
정선영_이제는 당신 차례

당신,
모든 걸 짊어지고 혼자 힘든 길을 걸어오느라
고생이 많았어요.
내가 당신하고 살면서 철이 들었는지
이제야 당신 마음이 보이기 시작해요.
묵묵히 자리를 지켜준 고마운 내 사람.
존경합니다.

항상 다른 사람의 마음과 상황을 먼저 보살피는
따뜻한 마음을 가진 내 사람.
이제는 당신 차례예요.

당신은 나에게 따뜻한 햇살 같은 존재랍니다.
나는 당신에게 평온한 그늘이 되어줄게요.
나의 그늘 아래에서 편하게 쉬었다 가세요.
나무가 항상 푸르지만은 않듯이
당신도 잠깐 삶의 여유를 가졌음 좋겠어요.
노랑, 연두빛으로 물드는 가을 나뭇잎처럼

당신의 인생도 아름답게 물들어가고 있네요.
당신을 만나서 감사합니다.
내 곁에 있어줘서 감사합니다.
존경합니다.

내 사람,
조재길.

Gustav Klimt _ Golden Apple Tree

12.
이숙희_시엄마가 좋아요

모든 걸 너그러이 수용해 주시는 어머님
휴식이 필요할 땐 언제나 찾아가게 되는 울 어머님
한결같은 사랑으로 늘 곁에 있어주는 사람
조건 없는 사랑을 나눠주는 사람

가진 걸 다 내어 주어도 더 주고 싶어 뭐가 또 없나 찾는 사람
30년이 지난 지금도 나를 아기처럼 대해주시고
당신 집에 오면 아침밥을 항상 차려주시는 내 어머님
항상 그 자리에서 버팀목이 되어 주시는 당신
당신의 무한 사랑에 늘 감사합니다

하얀 머리 백발 구십이 넘은 내 어머님
고생을 많이 하셔서 다리 수술, 허리 수술도 하셨는데
"나는 괜찮다. 너희들이나 건강 챙겨라." 하신다
"추운데 옷 따뜻하게 입고 다니라." 하신다

사랑은 내리사랑이라지요
어머님께 받은 사랑 다 못 드리고

자식을 우선순위에 두게 되네요

더 잘 해 드리지 못해 죄송해요

난 시엄마가 좋아요

지금처럼 더 아프지 마시고 편안하게 함께 지내요

고맙습니다

항상 사랑하는 마음 가득입니다

Camille Pissarro _ Autumn morning at Eragny

13.

이정안_어머니와 아버지

위안과 편안함을 선물해 주셨던
내 부모님
매일 매일 그 자리에
서 있는 내 나무와 같아요
갑자기
울컥,
눈물을 훔칩니다

한번쯤 찡그릴 만도 한데
예쁜 미소로
늘 나무처럼 편안하게
계셔 주셨지요

매일 그 자리에 서 있는
내 나무가 되어주신
어머니
우리 어머니

봄에는 눈부신 연두빛 사랑으로
선물을 주셨지요
내 나무가 봄기운을 주듯이요

여름에는 지친 나를 쉬게 해주는
큰 그늘이었고요
내 마음 속 제일 큰 느티나무가 되어서요

가을에는 알록달록 무지개빛
희망을 주셨어요
풍성한 음식과 함께요

겨울에는 겨울나무처럼
서 계시니까
제가 따뜻하게 손뜨개질 겨울옷
해드릴게요

하늘나라 가신 아버지의 말씀
큰 나무가 되거라
남에게 덕을 베푸는
큰 인물이 되거라
그리 할게요 아버지

그 마음속에 항상 계셔주시는

어머니와 아버지

참

고맙습니다

사랑합니다

Gustave Caillebotte _ Paysage à Argenteuil

14.

이정숙_**손잡고 걸어가요**

수용과 고요함으로 곁에 있어주는 내 사람.
외롭게 해서 미안해요.

아름다움과 여유로움을 가진 내 사람.
함께 해서 고마워요.

초록, 노랑, 빨강, 가을 산을 생각나게 하는 내 사람.
언제나 감사해요.

함께 오래 손잡고 걸어가요.
짱짱하게 신나게 걸어가요.

아들, 딸, 손자, 손녀들에게
커다란 품이 되고 그늘이 되게요.

2023. 11. 4.

남편에게 쓴 편지

15.
이상민_철없던 아이가 부모가 되면서

아들 현진이에게.

우리 아들한테 편지를 쓰는 것이 처음이라 설레는구나.

글을 쓰고 지우면서 아빠 손과 이마에서 땀이 나.

넌 아빠한테 중요한 존재라서 그런 거야.

2016년 1월 3일 새벽 2시,

현진이를 처음 볼 때 설렘도 있었고 걱정도 했던 옛 생각이 나네.

현진이가 건강하게 태어나줘서 항상 고맙고

엄마와 아빠에게 와줘서 더욱 더 고마워하고 있어.

그런 사랑스러운 현진이가

벌써 초등학교에 다니고 있는 모습을 보고 있네.

요즘 현진이 모습을 보면서,

아빠는 현진이 나이 때 현진이처럼 친구들과 잘 지내고

스스로 자신의 일을 하는 습관을 가졌던가 생각을 해봤어.

결론은 아빠보다 우리 현진이가 더 멋지다는 거야.

아빠 아들이지만 현진이가 대견스럽단다.

그리고 현진이가 힘들까봐 조금 걱정되기도 하고.

좋아하는 것과 잘 하는 것을 많이 하는 것도 좋지만

엄마 말 듣고 잠 좀 자라.
제발 많이 자고 잘 잤으면 좋겠어.
잘 자고 잘 먹고 잘 놀아줘 진아. 알겠지?

진이가 초등학교를 거쳐 중학교, 고등학교 생활을 하게 되면
지금보다 더 많은 경험과 궁금증을 가질 거야.
때로는 비밀을 품게 될 수도 있어.
현진이가 어떤 어려움을 겪거나 비밀을 가질 때에도
언제나 지지해주고 편히 이야기할 수 있는 가족이 되고 싶어.

아빠는 지금처럼 진이 곁에서
튼튼한 나무가 되어 진이와 우리 가족을 지켜줄 거야.
영원한 너의 편 아빠랑 지금처럼 더 재미있게 놀아보자.
사랑한다, 우리 아들!

감사를 표현하는 것은,
더 많은 감사를 받을 확률을 높여주는 방법이다.
- 로버트 브랜트 -

16.

김명희_소망

사람이 아닐 거야
신께서 보낸 천사일거야
사람과 천사가 한 집에 삽니다

회색 망토 속 날개가 있을 거야
안 보이는 것을 보니 투명색일거야
내 옆에 내 뒤에 언제나 있으니까요

다음생도 만날 수 있길 소망합니다
여보!

17.

박보배_**살아가요**

나는 파랑을 당신은 빨강을 좋아하지요.
나는 책을 당신은 그림을 좋아하지요.
우리는 다르면서도 같은 곳을 바라보는 부부.

나의 또 다른 나, 당신.
당신이 있어서 내가 있음을, 이렇게 살아보고 알게 되네요.

아들들에게 나는 엄마 되고 당신은 아버지가 되는, 된 사람.

덜 익은 과일처럼 시금털털했던 맛을 낼 때도 있었겠지요.
그런 시간 덕분에 익어가는 지금
인생의 계절이 귀하답니다.
함께 해온 우리의 시간 고맙습니다.

사랑하는 그대여,
고맙습니다.
삶이 우리에게 말을 걸어주어
토닥이며 서로의 곁을 내어주고 살았지요.

이제 우리는 어른의 이름으로

아들들에게 큰 그늘이 되어주어요.

당신의 눈빛에 비친 내 모습을 보며

살아가요, 우리.

Paul Cézanne _ Trees in the landscape

18.
김귀화_**당신을 안아 줄래요**

예쁘고 고운 씨를 뿌려 주신 님
님의 무한 사랑과 배려로
아름다운 열매를 맺고 있어요
님은 커다란 행복 덩어리

거목인 님
안락한 둥지
나의 보물
두 팔 벌려
당신을 안아 줄래요

님은 나의 고향
나의 휴식처
나의 낙원
나의 오아시스
당신의 삶이 곧 나의 삶

이젠 내가

님의 나무가 되어줄게요

잠시 눈을 감아요
아름다운 추억들을 생각하며
나에게 와서 쉬었다 가세요

님이 있어서 참 행복하다고
소문내어볼래요

감사하고
고맙습니다
너무너무 사랑합니다

Paul Cezanne _ Chateau du Medan

19.
김나림_연두처럼 뿌리 깊은 나무처럼

그 사람이 온 뒤로
내 삶이 확 달라졌어요

배려심 넘치는
그런 사람이거든요
함께 있으면 연두처럼 기분 좋아지게 하는
그런 사람이거든요

뿌리 깊은 나무처럼
변함없이 그 자리에서 항상 나를 응원해주는 사람

우리
씨앗처럼 바람타고
자유롭게 다녀요
우리
지금처럼 행복타고
자유롭게 다녀요 여보

20.
이진결_**첫사랑같이**

내게 시원한 쉼이 되어주는 고마운 내 사랑
다른 사람에게도 쉼과 희망이 되어주렴

싱그러운 햇살을 닮은 내 사랑
누군가의 희망이 자랄 수 있도록 해 주렴

무지개 빛깔을 닮은 찬란한 내 사랑
알록달록 너의 꿈도 피어날 거야

푸릇푸릇 맑고 순수한 영혼을 가진 내 사랑
바라만 보아도 미소가 지어 지는구나
첫사랑같이 설레는구나
엄마에게로 와줘서 고마워
잘 자라 주어 감사해
사랑한다

21.
박경희_태산 같은 존재

베풂과 희생의 삶
넓은 가슴 다 내어주던 당신
가슴을 열어 애쓴 만큼 아이들은 풍요롭고 올곧게 자랐어요

감사함과 베풂을 몸소 실천하고 사신 당신
덕분에 고마움을 아는 넉넉한 사람으로 세상을 알아갑니다

가슴 먹먹했던 그 힘든 삶마저도
인생의 태도를 배우는 것으로 삼으셨죠

아이들의 자유로움을
빨주노초파남보 예쁜 무지개 빛깔로 인정해주신 당신

자신의 모든 것을 내어주는 나무처럼
묵묵히 지켜주신 그 자리
당신은
지금도 태산 같은 존재입니다

우리 곁에 오래 계셔주세요

고마워요

사랑해요

엄마

Camille Pissarro _ Haystacks, Morning, Eragny

22.

김민아_우리 영혼이 지는 그 날까지

뿌리깊이 올곧은 나무를 닮은
내 사랑.

고된 책임감마저도
유쾌하게 승화시키는
너그러운 사람.

청록이 흐드러진 여름을 사랑하는 당신은
모진 뙤약볕을 감내하고 얻은
달콤한 열매와 꽃 같이 감사한 사람.

샛바람 소슬바람 부는
해진 동짓날 밤
외롭지는 않은지
두 어깨의 짐이 무겁지는 않은지
안부를 여쭙고 싶네요.

내 사랑 짱 님!

달님이 구름에 가려 잠들 때쯤
간간히 팔 베게 하고
우리 영혼이 지는 그날까지
많이 웃으며 유유히 살아갑시다.

훌륭한 당신의 아내인 것이
자랑스럽습니다.
존경하고 사랑합니다.

Edvard Munch _ Geese in an Orchard

23.
김순기_그립습니다

엄마!
엄마라는 이름만 불러도 가슴이 뭉클해 오네요.
늘 베풀기를 좋아하셨던 엄마!
그 모습을 보면서 행복을 느꼈습니다.
따뜻한 미소로 나를 바라보셨던 엄마는
여러 가지 색을 지니고 있는 단풍나무처럼
아름다우셨어요.
자식을 먼저 보내는 큰 고통을 가슴에 묻고
모진 비바람을 견디며 물들었기에
엄마는 나에게 거목이기도 하셨지요.

넓은 가슴으로
안식처가 되어준 당신을
존경하고 사랑합니다.
엄마의 희생,
잊지 않을게요.
엄마의 미소,
엄마의 품이 그립습니다.

24.

김진숙_잘 자랐구나

나에게 여린 나무 하나 있었다

살가운 마음으로
새순을 틔우는
나무를 본다

연두빛 봄
푸른 여름
다채로운 가을
회색빛 겨울
의연히 견디어 내는
나무를 본다

뙤약볕
비
바람
눈보라
방황하며 힘겹게 버티는

나무를 본다

나무의 고통은
나에게도 분명 고통이었다

숱한 시간속에
품 넓어진
나무를 본다

내 나무
잘 자랐구나
나무를 올려다 본다
등을 기대어본다

25.

권혜인_**소중한 사람들**

홀로 책임을 지며 버티는 나무처럼
모든 게 힘들어 감정들이 무의미해졌을 때
나의 소중한 사람들이
수고했다, 고생했다,
다독여 주었다.
내 마음에 천천히 잔잔하게 들어온 위로의 바람이
다시 평화로움을 가져다주었다.

모든 걸 감당하지 않아도 된다고
지금도 잘 하고 있다고 말해주는
나의 소중한 사람들은
나무의 그늘과 열매를 닮아 있었다.

나의 소중한 사람들 덕분에 나는,
삶의 작은 경험들을 뿌리 삼아
힘들어하고 있는 사람들에게
휴식처가 될 수 있었다.

26.
권경희_나의 두 아들

한결같은 모습으로 엄마의 마음 헤아려 주며
묵묵히 잘 자라온 나의 두 아들

인내의 마음, 포용의 마음으로
늘 감사하며 훌륭하게 잘 살아가는 나의 두 아들

엄마가 힘겨울까 봐 삶의 걸림돌을 스스로를 해결해 나가는
나의 사랑 두 아들

나의 버팀목이 되어주고
내 삶의 희망이 되어 주는
나의 사랑하는 두 아들
고마워
사랑해

27.

김미경_소나무가 되기까지

청초하고 푸릇푸릇한
늘 푸른 소나무처럼
항상 그 자리에 변함없이 뿌리를 내리고 계시는
조규철 스폰서님 그리고
이선애 스폰서님!

그 자리에 있어주시는 것만으로도
저를 숨 쉬게 해주십니다.
힘들 때면 소나무 그늘 아래 쉬어가라며 품어 주십니다.

저도 늘 푸른 소나무처럼 자라고 싶다며
뿌리를 내리고 싶어 하지만
이리 저리 처음 겪는 일들로 헤맬 때가 있었지요.
저의 내면 깊숙한 감정까지 알아차리시고
어떤 계절에도 스스로 잘 자라날 수 있게
자양분을 주시고 당신의 나뭇가지로 버팀목이 되어주십니다.

저 같은 어린 나무에게 말을 걸어주십니다.

너는 참 괜찮은 아이다,
힘든 순간 그때그때를 극복하며 잘 자라
우리와 함께 멋진 소나무 숲을 이루자,
응원해주십니다.

그렇게 크고 웅장한 소나무가 되기까지
얼마나 외로운 세월을 버티셨을까요?
그 존재만으로도 멋지신 스폰서님,
존경합니다.
사랑합니다.
감사합니다.

겸재 정선 _ 노백도

28.
조외숙_하늘 인연

늘 그리운 당신.

우리가 천생연분이라는데 천 번의 인연일까요, 하늘의 인연일까요?

천 번 생의 쌓인 정으로 하늘이 묶어준 짝이니

우리 어찌 벗어날 수 있을까요?

저도 하늘의 명을 어길 수 없고 천 번의 정도 저버릴 수도 없어요.

"피할 수 없으면 즐겨라." 하니

이 얼마나 통쾌하고 지혜로운 충고이자 격려인가요?

또 이 분이 말하기를

"고통을 통과하지 않은 행복이란 결코 없다." 했습니다.

알고 보면 인간의 희로애락이란 것도

슬퍼서 우는 것이 아니라 울어서 슬퍼지고

즐거워서 웃는 것이 아니고 웃어서 즐거워진다고 하는데

이것은 진실입니다.

지금껏 살아보니 그랬듯,

좋거나 싫거나 모든 것이 이 또한 지나갔습니다.

이런 진리의 공식을 당신과 나에게 적용해봅니다.

새로운 행복의 해답이 나옵니다.

그것은 당신이 참으로 더없이 소중하고 귀하고 애처롭고 사랑스럽다는 것입니다.

우리 앞에 한때 스쳐지나가는 모든 것이 다 이렇습니다.

또, 불변의 황금률인 카르페 디엠(Carpe Diem)이나, 메멘토 모리(Memento Mori)에 대입하면 안 풀리는 인생의 문제가 있을까요?

부자 집에 결혼해 손가락에 물 한 방울 묻히지 않게 하겠다던 당신 말,

꿈처럼 거품처럼 흩어지고

오랜 세월, 온갖 고초, 뜨겁고 차가운 물에

내 손은 온통 얼어붙고 데인 적이 몇 번이던가요.

하지만 이 또한 지나고 보니

인간은 손이고 세상은 물이라,

물과 손처럼, 이 세상 속 인간들처럼

서로 부비고 젖고 마르고 하는 것이 당연의 이치라 여겨집니다.

이제 더 이상 물이 싫거나 손이 쓰라리지 않습니다.

생각해보니 고난과 시련도 우리가 수용하고 감당하고 풀어야할 몫이었습니다.

어려운 숙제와 힘든 공부를 마친 학생이 뿌듯하고 당당하게 진학하고 졸업하듯이

우리도 지금 인생이라는 학교에서 공부의 황혼 길을

나란히 함께 가고 있습니다.

지금껏 경험한 것들과 공부의 내공으로

우리에게 다가오는 모든 것을 안아주고 이해하고 사랑합시다.

이것이 인생의 목적이자 완성이겠지요.

당신과 나,

오늘도 우리는 우리에게 주어진 길을 즐겁고 힘차게 걸어갑시다.

꼿꼿하고 튼튼한 우리를 닮아있는

나무들이 즐비한 그 길을 즐겁고 힘차게 걸어갑시다.

Ilya Yefimovich Repin _ Summer day in Abramtsevo

29.
송태순_브라보 마이 패밀리

아름다운 열매를 맺어 가는 사랑하는 우리 식구.
아름다운 열매를 위하여 나아가는 우리 발걸음이 고마워.
아름다운 열매를 위하여 살아가는 지금 이 순간도 감사해.

이 세상 누구보다 응원한다.
여보, 나의 반쪽이어서 다행이야.
상민아, 고마워.
효은아, 사랑한다.

무지개 색깔을 가진 어린 아이 같은 마음으로 살았네.
빨강처럼 열정적으로
홍시빛 주황처럼 달콤하게
귀요미 노랑처럼 어린 아이 같이
초록의 싱그러움으로 무르익고
남색처럼 절제 있게
보라처럼 무지개 마지막까지 아름다운 열매 맺으며.

멋모르는 철부지 어린 아이가 큰 아이로 자라날 때

부모님의 뒷모습을 보며 기다림을 배우고
불안하고 방황하는 시절에도 변함없는 사랑을 받으며
삶의 무게 가운데 나답게 성장을 하고
또 다른 이에게 아름다운 열매를 주기 위하여 마음을 다하는 것이
아낌없이 주는 나무처럼
나의 인생 이야기가 되었다.

든든한 사랑과 넉넉한 마음의 옷을 입고
우리 모두 아낌없이 주는 나무가 되어가는 삶을 위하여.

브라보 마이 패밀리.

30.
노신희_우리 엄마

돌 지난 딸을 두고 일을 시작한 엄마.
울 4형제를 낳았지요.

외할머니께 우리를 맡기고
우리에게 부족한 것 없도록 해주시려고
도와주시는 분도 늘 계시게 해주셨지요.

그래서 엄마,
4형제의 맏이인데도
전 불편함을 잘 몰랐어요.
철이 없었겠지요.
엄마 마음은 어땠을까요.

모든 걸 다 이겨내기엔 너무도 가녀린 엄마의 손.
한결같이 따뜻함으로
평생을 살아온 우리 엄마.
엄마,
평생 무한히 주기만 하는 엄마의 삶이 안쓰러워요.

그런데도 못해줘서 자꾸 미안하다고만 하네요.
온화한 미소 속 포근함이 제에겐 용기를 줍니다.

어릴 적 이불 속에서 우리 딸들에게
이쁜 드레스를 입은 공주 그림을 그려주시던 엄마,
기억나요?
어느덧 제가 어린 딸들에게 엄마가 그려주시던
눈이 크고 디즈니 드레스를 입은 공주님을 그려주고 있었죠.

소녀 같은 우리 엄마.
평생을 바르게 열심히 살았던 우리 엄마.
아빠는 무슨 복이 많으셔서 엄마를 아내로 맞았을까요?
미소 속에 따뜻한 강함을 가득 채우고
바람도 고민을 이야기하고 쉬고 가고픈
우리 엄마.

엄마에게 이야기하면
잘하고 있다고
늘 용기 주셔서 감사해요.
엄마,
제가 잘해 드리지 못해 참 미안해요.

그늘조차 따뜻한

나무 같은 우리 엄마.

네가 큰딸이라 참 고맙다,
하셨지요.
저는 엄마가 엄마라서
참 감사합니다.

그리고 많이 많이 사랑합니다.

Paul Gauguin _ Tahitian Landscape

31.
김은정_당신의 인생길에

늘 한결같은 모습으로 자리를 지키는
나무 같은 당신
한여름 싱그럽고 푸른 나무의 기운은 이제 없지만
대신 안정감 있는 편안한 그늘을 제공하고
묵묵히 가지들을 다잡으며
단단하게 제자리에 뿌리를 박는,
시간을 이겨내는 거목이 되었어요.

젊은 시절 한때,
하루가 다르게 변하는 가을단풍처럼
스스로를 어쩌지 못하고
이리저리 흔들리기도 했지요.
주체할 수 없는 억울함과 분노에
스스로의 가지들을 내치기도 했지만
그럼에도 부러지거나 넘어지지 않고
다시 힘을 내고
다시 이겨내었어요.
잘 지나온 당신의 인생길에

박수를 보내드립니다.

지금 그 누구보다 열심히
자신과 가족을 지킬 줄 아는
멋진 아버지.
우리 아버지.

고맙습니다.
사랑합니다.

Gustav Klimt _ The Tree of Life

32.

박운주_내 님이여!

나무를 닮은 당신
사랑하는 내 남편
당신은 총명하고 지혜로워요
당신은 섬세해서
시시각각 변하는 표정이 다 보여요
누가 못 보게 내 두 손으로
살짝 가려주고 싶어요

당신을 향한 나의 기도는
감사로 가득합니다
당신을 향한 나의 기도는
사랑으로 가득합니다
어제도 오늘도
그리고 내일도 사랑합니다

당신의 소중한 에너지를
일에 모두 빼앗기지 마세요
고개 들어 하늘 구름도 보고

먼 산 초록나무도 보세요
저녁 노을 진 바다도
낭만을 가지고 바라보세요

기분 좋으면 내 앞에서
어깨춤을 덩실덩실 추던 당신
남자는 허허실실 웃어야 한다며
넉넉한 웃음을 웃던 당신
나무처럼 편안하게
사람들을 안아주는 당신
당신은 그게 잘 어울려요

당신에게는
백일홍 나무꽃 향기가 나요
당신의 향기는
백 리를 날아갈 거예요
당신은 나무를 닮아있어요

내 님이여!
54세의 가장 젊은 날!
여기까지 오느라 수고했어요

오늘은 고개 들어 하늘을 보아요

33.
문상희_내 아들 이근호

12월 매서운 칼바람 속에서 군 생활하고 있는 우리 둘째.
군인이 된 우리 근호의 모습은
씩씩하고 듬직한 멋진 청년이었다.

어릴 때 우리, 이런 대화를 나누었지.
"근호야, 친한 친구들이랑 같은 반 되었어?"
"아니요. 같은 반 되면 다 친해지는데요."
그랬었지.
우리 근호는 친구들이 늘 많았지.
인기 좋고 성격 좋은 우리 근호.
그때 생각하니 엄마가 흐뭇하네.

잘 자라준 우리 아들.
21세 군인 아저씨.
처음 군에 간다고 했을 땐 걱정도 많았지만
엄마는 우리 근호를 믿는다.

지금도 우리 근호 옆에는

좋은 사람들이 함께 하겠지.
튼튼한 나무들이 모여 숲을 이루듯,
푸른 추억들을 만들고 있겠지.

추운 겨울이 지나고 따뜻한 봄날, 휴가 올 거지?
그때 보자.
사랑한다,
내 아들 이근호.

Vincent van Gogh _ Almond Blossom

34.
최예섬_하늘에 띄우는 편지

고마운 당신, 나무를 닮아있네요.
우리 아빠는 큰 소나무의 그루터기.
아빠,
아빠의 젊은 시절은 어땠나요?
푸르른 소나무처럼
꿈도 열정도 하고 싶은 것도 참 많았을 것 같은데
젊은 나이에 결혼을 해 가장이 되고
자신보다는 가족을 위해 열심히 일만 하고 사셨을 것 같아.
혼자 살아내느라 얼마나 외롭고 힘들었을까,
눈물이 나요.

아빠는 사시사철 푸르른 소나무처럼
자신보다는 가족을 위해
큰마음으로 나무그늘이 되어 주었다.

나무를 보니 아빠가 생각난다.
나무에게 '고마워'라고 말해볼 거야.
아빠 마음을 한 번도 헤아려 드리지 못해서 미안해.

아빠도 좋은 거 좀 하고 살지.
하고 싶은 말도 좀 하고 살지.
단 한번이라도 아빠를 위해 살았다면 얼마나 좋았을까.

그런 아빠를 가장 많이 닮은 나.

아빠 막내딸은 아빠 덕분에
이제는 나를 사랑하는 삶을 살아보려고 합니다.
나를 사랑할 수 있어야 남도 사랑할 수 있을 테니까요.

아버지가 그립습니다.
나도 이제 그런 부모가 되어갑니다.

part_03

고마운 것들 : 향기 나는

01.
이숙희_**만능 재주꾼**

안녕!
나는 사랑하는 사람들에게 안부를 묻는 핸드폰이라고 해.
'딱풀'이라고 불러줘.

주인님이 아침에 일어나는 순간부터 잠들기 전까지
손에서 떨어지지 않고 언제나 붙어 다니며
사랑하는 사람들에게 안부도 묻고, 메모도 하고, 글쓰기에,
물건 주문도 하는 못하는 게 없는 만능 재주꾼이지!

오늘도 핸드폰으로 열정적으로 일하는 우리 주인님의 모습,
감동이야.
감사함을 전하고, 사랑을 전해주고, 용기도 주고, 긍정도 심어주는
우리 주인님은 너무 멋져.
딱풀처럼 딱 붙어서 평생 함께 할 거야.

나는 곧 몽글몽글 예쁘게 핀 꽃이 가득한 옷도 입게 될 거야.
나에게서 꽃향기가 나는 것 같아.
나의 멋진 활약, 기대해!

02.
정선영_해님이랍니다

아침이 오기만을 기다리며 두근두근 설렘을 간직하고 있는 난,
해님이랍니다.
우리 주인님은 저를 엄청 보고 싶어 해서 새벽마다 기다리지요.
제가 눈부시게 아름답다고 '빛나는 보석'이라고 불러주네요.
오늘 아침에도 우리 주인님은 저를 반겨주었어요.
나도 주인님이 엄청 보고 싶어서 밤새도록 기다렸어요.

우리 주인님을 기쁘게 해드리고 싶어 밝은 햇살을 준비했어요.
제가 가지고 있는 좋은 에너지를 선물로 드리고
하루 종일 힘나게 해 드릴 거예요.
주인님이 나를 밤새도록 기다렸다 하니 얼마나 기쁜지 몰라요.
눈이 부실 정도로 밝은 빛을 비추어도
주인님은 항상 밝은 미소로 저를 반겨준답니다.
내일도 주인님을 기쁘게 해드리기 위해
숨어 있다가 짠! 하고 나타날 거예요.

제가 닿는 모든 것이 아름답게 보여요.
길가에 있는 잡초도 말이죠.

매일 아침 나를 기다리며 꽃을 바라보는 주인님에게

더 예쁜 꽃을 선사할 수 있도록 눈부신 아침을 열어 드릴게요.

아,

참 행복해요.

Arthur Hacker _ Picking Wildflowers

03.
변혜영_상큼이의 향기

나는 심술쟁이!
겨울바람이에요.
근데 우리 주인님은 나를 '상큼이'라 불러줘요.
왜냐고 물었더니.
코끝을 찡하게 하는 차가움이
정신을 번쩍 들게 해주어 상큼이래요.
다른 사람들은 심술쟁이라고 하는 나를
상큼이라고 안아주는 주인님이 너무 감사해요.
그래서 나는
겨울에는 상큼이,
봄에는 포근이,
여름에는 시원이,
가을에는 설렘으로
내 사랑 주인님을 행복하게 해줄 바람이 될 거예요.

저에게서 꽃향기가 나지 않나요?
주인님과 내 마음이 하나 되는
달콤한 사랑의 향기 말이에요!

04.
전복선_**삶의 향기**

안녕!
나는 우리 주인님의 오감을 깨워 주기도 하고
영혼을 달래 주기도 하는 책이야.
나를 '마술사'라고 불러줘.
오늘도 우리 주인님은 나의 마음을 읽고
나와 대화하면서 하루를 시작한단다.
"네가 있어 참 다행이야."
"알 수 없는 삶에서 너에게 위안을 얻기도 하고
해답의 아이디어를 찾기도 한단다.
나의 마술사! 너무 고마워."

주인님의 마음에 얼마나 감동하는지 몰라.
그래서 난 늘 다짐해.
주인님의 친구가 되고 지혜를 선물해 주겠다고 말이야.
나에게서 영혼의 꽃향기가 나는 것 같지 않아?
주인님의 마음과 나의 마음을 품고 있는
삶의 향기!

05.

김나림_**우주를 닮은 모습으로**

저는 내 몸과 44년 지기 친구인,
'마음'입니다.
내 몸을 더 좋은 곳으로 안내해 주고 있으니
'희망이'라고 불러주세요.

매일 모닝페이지로 나에게 말을 걸어주어요.
"안녕? 반가워. 난 내가 너무 좋아.
나와 함께 해주어서 고마워.
존재 자체만으로도 고마워."

그래도 가끔은 부정적인 마음이 들 때가 있어요.
그때마다 나의 친구인 몸은 나에게
"니가 어떤 모습이든 좋아."라고 말해주어요.
그래서 더 좋은 것을 창조해내어 선물하지요.

우리 제법 잘 어울리죠?
계절마나 피어나는 꽃과
모든 만물의 힘이 되어주는 흙처럼요.

오늘도 나는 우주를 닮은 모습으로

최선을 다해 살아갈 거예요.

Berthe Marie Pauline Morisot _ Dahlias

06.

이정안_**예쁜이와 조금 예쁜이**

안녕하세요?

매일 주인님과 함께 하는 '얼굴'입니다

저에게는 두 개의 얼굴이 있어요.

하나는 예쁜이, 또 하나는 조금 예쁜이랍니다.

예쁜이는 말합니다,

오늘도 예쁩니다.

오늘도 만족합니다.

조금 예쁜이도 말합니다.

오늘은 조금 예쁘네요.

아이 참, 조금 더 노력해서 웃어볼게요.

그럼 예쁜이가 될 거니까요.

주인님,

감사드려요.

만져주시고

꾸며 주시고

꽃단장도 해 주셔서요.

예쁜이는 또 감사 표현을 합니다.
예쁘게 해주셨으니까 더 예뻐질게요.

조금 예쁜이도 따라서 말합니다.
예쁘게 해주셔서 감사합니다.
저는 아주 많이 예뻐질 거예요.
주인님의 노력에 매일 매일 감동합니다.

예쁜이와 조금 예쁜이는
동시에 합창하듯 말합니다.

저희들에게서 꽃향기가 나요!

환한 미소와 함께하니
꽃향기 나는 얼굴이 되어
더 행복합니다.

예쁜이와 조금 예쁜이는 동시에 노래를 부르며
기뻐합니다.

감사합니다.
고맙습니다.

07.
서순옥_**행운의 백일산**

새벽 공기 속으로
나를 찾아오는 부부
다정함이 묻어나네요.

밝은 웃음소리,
정겨운 대화가 번져 나가요.
고요한 숲 속,
행복과 사랑이 전해져 오네요.

싱그러운 공기에
감사를 말해요.
맑은 개울물에
손과 발을 적시며
한 땀 미소 짓네요.

이름 모를 야생화에 눈이 즐겁고
들국화 향기에 콧노래가 나오네요.
맨발로 오솔길 따라 낙엽 밟는 소리에

행복의 미소가 떠오르네요.
바람에 흘러가는 구름 따라
하늘 바라보는 주인님.
큰 웃음소리 산천초목에 메아리로 번져가네요.
나는 은은한 꽃향기 같은
주인님을 닮아가네요.

뒹구는 낙엽을 꽃처럼
아름답게 생각하는 주인님
겨울이 되어도
배낭 메고 맨발로
나를 찾아주는 주인님
우리 서로를 닮아 가네요.

완전히 폭발한 상태가 아닌 다음에야
감사할 거리는 늘 존재한다.
- 솔 벨로. 허조그 중 -

08.

주순득_이제 두 손으로

안녕하세요?

저는요, 제가 없으면 아무것도 못 하겠다 하시는 주인님의 소중한 두 손이랍니다.

쉿!

주인님 뒷담화를 좀 해볼까 해요.

양치도 아침식사도 설거지도 화장도 외출도 저 아니면 못하신데요.

태어나서 귀여운 두 손으로 재롱부린 것도 저였지요.

학창시절 열심히 꿈을 그린 것도,

중년에 전업주부로 가족들 건강도 책임졌죠.

지금은 영원한 글쓰기의 동반자로 더더욱 떨어질 수 없는 운명이 되었어요.

주인님은 울보랍니다.

툭하면 제 두 손을 붙잡고 울먹이시며

주인을 잘못 만나 나의 두 손이 고생을 하는구나,

좋은 주인 만났으면 손 관절도 생기지 않고 예쁜 손으로 살 것을,

나 같은 주인을 만나 이렇게 험한 손이 되었구나,

약한 관절 때문에 조금 못생겨진 제 두 손을 잡고 울먹이십니다.

그래도 관절에 좋다는 영양제 챙기시고 파라핀 촛물에 목욕도 시켜 주시고

웰스파 마사지까지 많은 사랑을 듬뿍 주고 계셔요.

우리 주인님, 최고죠?

한결같은 주인님 사랑,

고맙고 감사해요.

이제 제 두 손으로 주인님께 꽃향기를 드릴게요.

봄 오면 주인님 닮은 장미향을

여름엔 먼 바다 바람에 실려오는 수국향을

가을 되면 가녀린 코스모스와 진한 국화 향기를

겨울 되면 하얀 눈꽃향기를 맡으며

주인님과 행복한 여행을 떠나요.

주인님이 저의 주인님이라 너무 행복해요.

09.
김귀화_**뚝딱!**

굿모닝!
저는 주인님이 가장 아끼고 사랑하는
우리 주인님의 자랑스러운 컴퓨터 1호랍니다.
금 나와라 뚝딱!
은 나와라 뚝딱!
저를 도깨비방망이라 불러 주세요.
주인님의 원하는 것을 그대로 보여드리니까요.

항상 저를 세수시켜 주시고
어여쁘고 사랑스럽게 바라봐 주셔서
날마다 기분이 상쾌하답니다.

저, 도깨비 방망이는
우리 주인님 사랑 덕분에 매일 매일이 기대되어요.
오늘은 또 어떤 일이 일어날까?
내일은 또 어떤 모양으로
우리 주인님의 도깨비 방망이가 되어볼까?
신나는 생각을 많이 해요.

저를 믿어주시는 주인님,

너무 감사해요.

너무 행복해요.

언제나 좋은 친구가 되어줄게요.

저에게서 만리향 꽃향기가 나는 것 같아요.

주인님의 마음에도 꽃향기를 전해 드릴게요.

항상 응원할게요.

주인님을 위해 기도할게요.

모든 게 잘 될 겁니다.

뚝딱!

John Singer Sargent _ Blue Gentians

10.

김민주_하이파이브

안녕하세요?

저는 주인님의 사랑을 먹고 달리는 자동차입니다.

'하이파이브'라고 불러주세요.

밥을 한 그릇 먹여주면서 주인님이 나에게 말했어요.

"아들과 행복한 추억 쌓을 수 있도록 안전하게 잘 부탁해."

주인님이 세상에서 제일 좋아하는 아들이 옆에서 웃고 있네요.

나를 단 한 번도 배고프게 한 적 없는 주인님께 늘 고마워요.

있잖아요! 비밀인데요.

고마운 주인님께 제 부탁 좀 전해 주세요.

우리 주인님은 나를 진심으로 아껴주고 사랑해 줘요.

밥도 제때 잘 챙겨주고, 내 몸 안이 더러워 질까봐

차 안에서는 술, 담배 냄새 절대 없게 해 줘요.

생각해 보니 사랑하는 아들 때문은 아닐까 싶어서 질투도 나네요.

몸 안은 진짜 깨끗하게 해 주는데 몸 바깥은 자주 안 닦아 주는 주인님.

"비가 오면 바깥도 깨끗해지니까 괜찮지?"

이렇게 말하는 주인님과 거의 10년을 살았으니 이제 반기 좀 들어 볼게요.

"주인님, 비가 자주 안 올 때는 한 달에 한 번씩만 하이파이브 겉도 좀 닦아 주세요.

겉과 속이 같은 나로 살고 싶어요."

당당하게 요구하는 저에게서 달콤한 꽃향기가 나지 않나요?주인님이 좋아하는 프리지어 한 다발 싣고 오늘도 신나게 달려 봅니다.

Camille Pissarro _ Mother and Child in the Flowers

11.
김진숙_재주야

손끝이 야물다고
칭찬 비스름하게 하면서
너무 막 부려 드시는 거 아니심

나두 오십년 넘게
주인 뜻 따랐으니
이제 좀 곱게 써 주슈

양손에 흉터 아시쥬
어린애가 몇 년을
동상이 웬 말이유
그럼 아가씨가 되어선
핸드크림이라도 바르고
날 좀 챙기시던가

느지막이
내가 너무 못 생기고
마디 굵어 주름지니

챙피하우
네일아트 하더이다

재주야!
입이 열 개라도 할 말이 없네
고맙다
니 덕에 하고 싶은
일 하며 살았네

글도 쓰고
뜨개질도 하고
그림도 그리고
요리도 하고
만들고
정리하고
수고했어

재주야
내 너를 이제 꽃같이 여기마
장미보다 어여쁘게
백합보다 귀하게

12.
김미경_가슴 쫙 펴고

안녕하세요? 주인님.

저는 주인님을 숨 쉴 수 있게 도와드리는 '폐'입니다.

오, 그렇구나!

안녕? 나에게 인사해줘서 고마워.

그동안 아프게 해서 미안해.

그리고 많이 사랑한다고 말해주고 싶었어!

이제부터 널 '사랑이'라 부르고 싶구나.

어머!

그렇게 불러주신다니 너무 행복하네요!

사랑하는 나의 폐야,

오늘도 편히 숨 쉴 수 있게 해줘서 고마워.

좋은 공기 많이 넣어줄게.

오늘도 주인님은 산책을 하며 저를 사랑해 주십니다.

온전히 저를 위한 산책을 해 주실 때 저는 쉼을 느낍니다.

꿈을 이루기 위해 하루하루 성실히 살아가시는 나의 주인님!
어디를 가시든 제가 함께 도와 드릴 거예요.

활짝 핀 꽃처럼 가슴 쫙 펴고
당당하게 살아가시는 주인님,
많이 사랑합니다!

Claude Monet _ Chrysanthemums

13.
이정금_향기 나는 꾀꼬리

안녕하세요?
늘 밝고 맑은 음색을 들려주는 난,
꾀꼬리라고 해요.

오늘도 우리 주인님은 저의 입술에 예쁜 립스틱을 발라주고
예쁜 소리 낼 수 있도록 말을 할 수 있도록 이야기해 주시네요.
"고마워. 오늘도 잘 부탁해 꾀꼬리야!"

주인님의 큰 뜻을 알기에
저도 주인님이 원하는 대로 꾀꼬리 역할을 잘 하고 싶어요.
사람들을 만날 때마다
사랑의 꽃향기를 풍기는 꾀꼬리가 될 거예요.

언젠가 여러분을 직접 만나게 되면
꽃향기를 직접 전해 드릴게요.
우리의 만남,
기대합니다.

14.
박경희_동동이의 다짐

안녕하세요?
저는 우리 주인님이 가고자 하는 흙길이라면
어디든지 마다 않고 달려가는 발입니다.
'동동이'라고 불러주세요.

오늘도 맨발걷기를 하면서 주인님이 나에게 말했어요.
"맨발로 흙길을 걷고 있으면 말이다.
복잡한 마음도 훌훌,
근심걱정도 훌훌,
건강해진단다.
마음속까지 밝고 맑아지는 것 같아.
동동아, 고마워."라고 말이에요.
주인님이 좋아하는 걸 보고
제 마음도 덩달아 뿌듯해지고 행복해졌어요.

솔직히 주인님을 따라 맨발로 걷다보면
뾰족한 돌도 만나고 떨어진 나뭇가지도 밟고
아프기도 하고 몸이 휘청할 때도 있어요.

주인님이 속상할까 봐 아, 소리 한 번 내지 않아요.
주인님이 건강해지고 행복해하니 저도 기분이 좋거든요.
"오늘도 고생했네."라면서 저를 깨끗이 씻겨줄 때면 정말 뿌듯해요.
주인님을 더 잘 따라야겠다고 다짐한답니다.

마음 한가득 꽃밭인 저에게 꽃향기가 나지 않나요?
오늘도 향기로운 주인님을 모시고 맨발걷기 하면서
몸도 마음도 건강해지는 중이랍니다.
주인님, 사랑합니다.
나의 흙길, 사랑해요.

Valentin Aleksandrovich Serov _ Lilacs

15.
이정숙_평화의 힘

여러분, 안녕하세요?
저는 주인님의 몸과 마음을 싱싱하게 짱짱하게 만들어 드리는 흙이에요.
'평화'라고 불러주세요.

저만 보면 맨발로 달려오시는 우리 주인님,
고마워요.
저를 좋아해 주시고 춤추며 반겨주시는 모습,
늘 감동이에요.

그냥 지나칠 수도 있는 저에게
의식 높은 '평화'라는 이름도 지어 주시고,
이런 주인님이 어디 계실까요?

비가 오나 눈이 오나 바람이 불어도
언제가 그 자리에서 주인님을 기다리겠습니다.

저는 꽃을 피우게 하는 힘이 있답니다.

주인님이 지나가는 곳곳마다
예쁘고 아름다운 꽃들이 피어나도록 할 거예요.

우리 주인님과 함께
저의 힘, 평화의 힘 구경하러 오세요.
늘 환영합니다!

Claude Monet _ Flower garden

16.
박보배_**예쁜 유리**

안녕하세요?

저는 우리 주인님을 행복하게 해 주는 예쁜 유리라고 해요.

우리 주인님 이름은 박보배이고요.

저의 역할은 보는 거예요.

주인님이 보고 싶어 하는 곳에 언제나 늘 초점을 맞춘답니다.

주인님은 잠에서 깰 때나 잠들 때 저에게 말해주세요.

"고마워 유리야."

손을 뜨겁게 해서 저를 꼭 안아주세요.

저는 이 순간이 얼마나 행복한지 몰라요.

그래서 제가 유리처럼 빤짝빤짝 생기가 있나 봐요.

사랑하는 주인님께 더 예쁘고 더 아름다운 것 많이 보여 드리려면

제가 건강해야 되겠죠?

혹시 저에게서 장미향이 나지 않나요?

은은한 꽃향기가 유리에게서 퍼지다니요!

좋은 것을 많이 봤더니 제가 꽃이 되었나 봐요.

우리 주인님은 손톱같이 작은 꽃도 좋아하세요.

저는요,

우리 주인님의 마음을 아주 잘 안답니다.

그래서 주인님은 눈으로 말할 때가 참 많아요.

"유리야! 고마워.

네 덕분에 나는 참 행복해.

너에게 이렇게 고마움을 진하게 전해보는 건 처음이네.

앞으로도 좋은 것 많이 보며 사랑하며 살자."

좋은 주인님 만나 참 행복한,

저는 유리랍니다.

Edgar Degas _ A Woman Seated beside a Vase of Flowers

17.
조외숙_환함

주인님!
저는 당신의 등대. '환함'이라고 해요.
주인님께 밝음을 드리지요.

아침엔 제가 먼저 주인님을 깨워요.
시계도 보고, 새벽동이 트는 것도 보게 하지요.

밤이 되어 잠들 땐 무거운 눈 커튼을 살며시 내려드린답니다.
그리고 우리 주인님의 꿈나라로 함께 따라가지요.

고마워요. 주인님.
저를 위해 선글라스도 항상 챙겨주셔서
저는 하나도 피곤하지 않아요.
그리고 아이케어도 챙겨주셔서 신나게 일을 할 수 있답니다.

봄엔 새싹과 꽃들을
여름엔 진녹색의 이파리들과
바다의 시원한 파도를 보여 드릴게요.

가을엔 파아란 하늘
두둥실 떠있는 구름도 보게 해 드릴게요.

우리 주인님이 말해 주네요.
"환함아! 고마워.
너는 내가 말하기 전에 나의 진심을 먼저 말해주었지.
내 슬픔을 눈물로 씻어 준 너를 기억하고 있단다.
기쁠 때도 너는 눈물을 보내주더라.
나의 환함이 덕분에
나는 넘어지지 않고 잘 걸었다.
환함이 덕분에 좋은 친구도 많이 만났다.
사랑도 많이 주고받았다.
우리 서로 아끼며 잘 살아가자꾸나.
나의 환함아."

주인님과 환한 세상을 마음껏 보며,
만나는 사람들에게 환한 미래를 선물해 줄 거예요.
우리 주인님은 그런 분이니까요.
주인님과 저에게서 환한 미소가 지어지는
꽃향기가 나는 것 같아요.

18.
이진결_맑음이가 찾아갈게요

안녕하세요?
저는 우리 주인님이 사랑하는 사람들을 바라볼 수 있게 해드리는 '눈'입니다.
'맑음이'라고 해요.

"반짝반짝 예쁜 눈아,
아름다운 세상을 바라볼 수 있게 해주어 고마워."

좋은 것만 보려는 주인님의 마음에 늘 감동 받아요.
그래서 앞으로도 주인님이 아름다운 것들을 더 잘 볼 수 있도록 선명하고 건강한 맑음이가 되어 드리려고 한답니다.

저는 어여쁜 꽃을 닮은 것 같죠?
주인님의 맑은 영혼과
저의 깊은 영혼을 닮은 아름다운 꽃 말이에요.
이제는 맑은 여러분을 찾아가는 맑음이가 될게요.
곧 뵈어요.

19.
신임선_아름다움

안녕하세요?

저는 주인님의 마음을 즐겁게 하고

늘 편안하게 많은 것을 볼 수 있도록 하는 '눈'이랍니다.

이름은 '아름다움'이죠.

주인님은 아름다운 제 눈을 통해

매일 자연과 사람들을 마주해요.

그리고 삶의 풍경들을 소중히 담습니다.

우리 주인님은 늘 긍정적이라서

좋은 것을 많이 보려고 하십니다.

"내가 제일 좋아. 내가 참 좋아."

거울을 보고 웃으며 이렇게 말씀하길 좋아하기도 해요.

제가 피곤할까 봐 어루만져 주고 편하게 푹 쉬게 해 주는 우리 주인님,

최고랍니다!

늘 함께 해줘서 고맙다고 저와 대화도 나누어 주세요.

이리저리 눈동자를 굴리면서 운동도 시켜 주는 주인님,

오래오래 아름다움을 보고 공부할 수 있도록 도와 드릴 거예요.

예술작품 활동과 글쓰기도 마음껏 즐길 수 있도록 할게요.

오늘도 편안하게,

위로와 희망의 시간을 살아 가시길요.

제가 있으니까요.

Claude Monet _ Massif de chrysanthemes

20.
송태순_주인님의 오뚝이

저는 주인님이 좋아하는 곳이면 어디든 움직이는
튼튼하고 부지런한 다리입니다.
'오뚝이'라고 불러 주세요.
항상 오뚝하게 서서 어디든 다니니까요.

'덕분이야.'
'웰모닝! 나의 오뚝이.'
'잘 부탁해.'
'오늘도 너와 함께라면 어디든지 갈 테야.'
'너를 믿어.'
'산으로도, 바다로도, 님을 만나러 갈 때도, 너 없인 안 되지.'

주인님은 걷기를 좋아해서 눈만 뜨면 저에게 먼저 안부를 묻습니다.
자기 전에도 저와의 데이트를 놓치지 않는답니다.
매일같이 쓰다듬어 주고, 주물러 주는 주인님이 한없이 고맙습니다.

내가 만약 요술 램프의 지니에게 소원을 빌 수 있다면
주인님이 원하는 곳 어디든 갈 수 있게 해 달라고 할 거예요.

나의 삶이 끝날 때까지 주인님과 함께할 수 있다면
이보다 더한 행복이 있을까요?

오늘은 주인님을 향한 제 마음을 꽃으로 표현해 볼게요.
지금은 하얀 눈으로 덮인 앙상한 나무 가지지만,
언젠가 진달래, 개나리가 피는 봄의 별장으로 데려갈게요.
태양 아래에도 고개 들고 당당히 당신만을 바라보는 해바라기는 어때요?
언젠가 개망초, 코스모스, 야생화가 피는 가을 별장도 데려 가고요.
사계절 별장으로 다닐 생각에 꽃향기로 물들입니다.

나는 변치 않는 주인님의 오뚝이입니다.

John Singer Sargent _ Poppies

21.
노신희_**블라우스 공주님**

안녕하세요?

저는 주인님의 기분을 설레게 만들어주는 어깨가 뽕긋한 블라우스입니다.

'공주님'라고 불러주세요.

"공주님, 참 이쁘다."

주인님은 날 보면 쿵쾅쿵쾅 가슴이 두근거린대요.

"공주님, 오늘도 나를 하루 종일 이쁘다 바라봐 줄 수 있게 해줘서 참 고마워."

"내가 나를 사랑하게 해줘서 고마워."

"내가 다른 사람을 사랑하게 해줘서 고마워."

우리 주인님이 평범한 저를 소중하게 귀하게 바라봐 주셔서

너무 행복해요.

주인님의 어깨를 더 따뜻하게 살포시 소중하게 안아주고 싶어요.

저를 이쁘다 바라봐 주는 주인님 덕분에

매일매일 다른 누구보다 귀한 제가 되고 있어요.

우리 내일도 행복한 마음으로 누군가를 만나러 가요.

저를 꽃처럼 바라봐 주시는 주인님 덕분에

저에게선 꽃향기가 나요.

이젠 행복의 꽃향기를 그대에게 선물해 주러 갈게요.

우리 곧 만나요.

Frederick Childe Hassam _ Geranium

22.
김순기_꽃향기를 만들다

안녕하세요?
저는 주인님과 찰떡처럼 붙어 있는 미싱이라고 해요.
'요술쟁이'라고 불러 주세요.

저는 도깨비 방망이처럼
뚝딱! 하고 아름답고 예쁜 작품을 만들어서
주인님을 기분 좋게 해 주는 재미로 지낸답니다.

주인님은 내가 너무 사랑스럽다고 합니다.
매일 찾아와서 제 발을 만져줘요.
"요술쟁이야!
너의 재능 덕분에 많은 사람이 멋쟁이로 뽐내며 살 수 있단다.
너무너무 고마워,
우리 함께 작품에 예쁜 꽃으로 수를 놓아 볼까?
꽃을 보는 사람이 나비가 되어 훨훨 날아
사랑의 꽃향기를 전하게 하자꾸나."
주인님의 칭찬, 주인님의 꿈 덕분에 행복해요.

오늘도 저는 주인님과 함께

향기나는 작품들을 만들 거예요.

아, 행복해요.

Frederick Childe Hassam _ Celia Thaxter's Garden, Isles of Shoals, Maine

23.
권혜인_**컴퓨터의 고백**

주인님, 오늘도 저를 찾아주셔서 감사합니다.
항상 도움을 드릴 수 있어 행복해요.
저를 만능 기계라고 칭찬해 주셔서 너무 좋아요.

주인님이 어지러운 일들을 정리해주고,
나쁜 것들을 없애주셔서 잘 지내고 있어요.
매번 주인님이 챙겨주시고 잘 관리해 주신 덕분입니다.

주인님이 고민거리를 이야기해주면
최대한 간단하게 해결해 드리고,
심심할 때는 주인님이 좋아하는 게임으로 놀아드릴 수도 있어요.
여러 분야의 다양한 지식도 가지고 있으니
궁금한 것이 있으면 언제든지 물어보세요.

주인님이 항상 저를 찾아주시고 질문에 답해주는 것이
정말 기쁘고 행복합니다.
그래서 주인님이 편안하게 지내실 수 있도록
최선을 다하고 있어요.

주인님이 가끔 피곤해 보일 때가 있어요.
쉬는 날을 정해서 건강관리를 잘 해주면 좋겠어요.
그렇게 하면 주인님에게 더 도움이 되는
만능 기계가 될 수 있을 거예요!

오늘은 꽃 한 다발을 사서 제 옆에 놔 주세요.
꽃을 사러 가는 길, 꽃을 사서 돌아오는 길, 꽃을 화병에 꽂는 순간 모두
주인님께 아름다운 휴식이 될 테니까요.
저도 꽃향기를 맡으면 일을 더 잘할 수 있을 것 같아요.

주인님,
우리 함께 오래오래 건강하기로 약속해요.

감사와 사랑을 뿌려라.
보다 많은 것들이 돌아올 것이다.
- 마이클 하이엇 -

24.
이세미_왕눈이 친구

여러분, 반갑습니다.

저는 우리 주인님의 얼굴에서 가장 예쁜 미모를 담당하는 눈입니다.

크고 예쁘다고 '왕눈이'라고 불러요.

오늘은 제가 이 큰 눈으로 본 주인님의 매력을 소개해 볼까 해요.

눈으로 보는 감각이 뛰어난 주인님은

맛있는 요리도 잘하고 플레이팅 솜씨가 뛰어난 멋진 요리사지요.

센스 있는 감각으로 친구나 언니들을 전신코디로

스타일리쉬하게 변신을 시켜주는 요술쟁이 코디네이터이기도 하고요.

또 눈물은 얼마나 많게요?

센 언니처럼 보이지만,

누구보다 따뜻한 마음과 사랑이 가득한 주인님이랍니다.

정말 사랑스럽고 매력 덩어리지 않나요?

우리 주인님이 저를 얼마나 사랑하는지 아세요?

우리는 49년을 함께했지요.

좋은 화장품도 아낌없이 눈에 듬뿍 발라주고

눈 영양제도 꼭꼭 챙겨먹고
예쁘게 화장도 해주지요.
덕분에 저는 미인이라는 소리를 듣고 있어요.
건강해서 안경을 안 써도 잘 보여요.
고마워요! 주인님.

우리 앞으로 세계 여행 다니면서
아름다운 곳도 많이 보고
좋은 사람들과 많은 추억도 만들어가며
기쁜 일 슬픈 일 늘 함께해요.
우린 친구잖아요.

꽃을 좋아해서 정원을 잘 가꾸는 주인님과 함께
따뜻한 봄날이 오면 장미꽃향기 가득한 주인님 집으로 놀러가요.
벌써 기대된답니다.

25.
김은정_핑크빛 변화

안녕하세요?
저는 우리 주인님의 아침 건강을 책임지고 있는
작은 전기포터예요.
예쁜 핑크빛 피부를 가지고 있으니
'핑크 베이비'라고 불러주세요.

주인님은 저를 집으로 데려온 첫날부터
저에게 달고 향긋한 것들만 주었어요.
제가 슬쩍슬쩍 봤더니
믹스 커피, 율무차, 핫초코같은 달달한 것들만
만들어 먹더라구요.
향기는 좋았어요.
하지만 저는 생각했어요.
'몸에 좋지 않은 저런 것들을 우리 주인님은 왜 좋아할까?
맛은 있겠지만 몸을 망치는 습관인데 왜 고치지 않을까?'
하루에 서 너 번도 넘게 저에게 달달함을 풍기는 주인님을 보며
늘 말해주고 싶었답니다.
"주인님, 정신 차리세요!

그렇게 마시면 금세 병들고 늙어요. 그리고 살도 쪄요!"라고요.

그런데 어느 날부터
우리 주인님이 변했어요.
난생처음 트래킹을 간다고
아무 것도 넣지 않은 맹물을 끓이지 않나,
몸에 좋다며 아침마다 음양탕을 만들지를 않나,
사람이 갑자기 변하면 죽는다고 했는데,
우리 주인님 괜찮을까 싶었어요.

날마다 근심스럽게 지켜봤는데
넉 달이 지난 지금까지 잘 지키고 있지 뭐예요?
새벽 5시 50분이면 어김없이 일어나서
음양탕을 만들어 마시는 우리 주인님,
정말 멋지죠?

이제는 우리 주인님한테서 꽃향기가 나는 것 같아요.
그래서 저도 덩달아 기분이 좋아져요.
저도 덩달아 건강해지는 것 같아요.
한 달에 서 너 번 등산을 가는 우리 주인님,
응원합니다.
당신의 주방 한 모퉁이에서 늘 지켜볼게요.

26.
최경순_나의 사랑 야생화

“어머나! 안녕하세요?
사람들은 따뜻한 아랫목에 이불 덮고 포근히 잠을 잘 휴일,
나를 만나러 와준 경순님, 반가워요.
당신을 기다리고 있었답니다.
오늘은 다른 날보다 더 외모를 다듬어 봤는데
어찌 마음에 드시나요?”

눈 속 황금잔에 활짝 웃음을 담아
복수초가 나에게 말을 건넨다.
순간 나는 기절할 뻔 했다.
이 아름다움을 어찌할꼬.
2월의 차디찬 눈보라와 칼바람 속에서도
굳건하게 아름다운 황금색 꽃을 피워
나에게 감동을 주는 복수초는
봄의 전령이다.
뒤에서 또 나를 부르는 아가씨가 있다.

“경순 아씨, 여기를 좀 봐주세요.”

뒤를 돌아보니
변산바람꽃이 하얀 드레스를 입고
나를 기다리고 있다.
연보라빛 수술로 단장을 하고
다소곳이 고개를 떨구고 있는 아이도 있다.
활짝 피어 마음껏 춤을 추는 변산바람꽃이다.
춥지도 않은가 봐.
덩달아서 나도 춤을 췄지.

복수초와 변산바람꽃들을 만나고
옆 동네 동강할미꽃을 만나러 갔다.
할매가 여기까지 온다고 고생했구나.
뭐 볼 거 있다고 이 위험한 바위에
인사를 하러 오는지 원.

"할매요,
긴 겨울 잘 지내셨네요.
보고 싶어서 왔는데
이렇게 예쁘게 화장을 하고 기다려줘서 너무너무 고마워요 할매."

누가 뭐래도 할매는 끄덕도 하지 않고 자기의 할 일을 다 한다.

강을 바라보며 웃는 할매도 있고
하늘 향해 황금색 수술을 드러내고 웃는 할매도 있고
이제 막 잔털을 내미는 할매도 있다.
햇빛에 반짝이는 보슬보슬한 잔털은 너무너무 복스럽다.

고마운 복수초, 변산바람꽃, 동강할미꽃.
봄을 알려주는
어여쁜 나의 사랑
야생화.

긴 겨울 지나면 또 만나러 가야지.

복수초

변산바람꽃

동강할미꽃

27.
김민아_사이좋게

안녕하세요?

저는 매일 아침 주인님과 "감사합니다." 인사로 하루를 시작하는 심장입니다.

'쿵쾅이'라고 불러주세요.

오늘도 우리 주인님은 저를 건강하게 운동시켜 줍니다.
쿵쾅쿵쾅 기분 좋게,
숨이 조금 찰 정도로 말이죠.
예쁜 것을 봐 주고, 좋은 글을 읽으며
저를 챙겨 주지요.
저는 콩닥콩닥 설렘으로 화답합니다.

귀하신 내 주인님께 말해주고 싶네요.
제 심장이 춤을 출 만큼
신나게 운동도 해주고
글쓰기를 해주시니
저는 마음 근육을 더욱 탄탄히 지키고
주인님을 지킬 거라고요.

앞으로 우리 집이 될 만 평 꽃동산도 함께 걸어요.
수국 꽃길, 대나무 숲길, 흐드러지게 핀 진달래 꽃길을
한 발짝 두 발짝 사이좋게 걸어요.
아참! 주인님 좋아하는 코스모스 길도요.

저는 늘 이 자리에서 쿵쾅쿵쾅!
주인님을 열렬히 응원할게요.
참으로 사랑합니다.
참으로 고맙습니다.

George Clausen _ Little White Rose

28.
이선정_내 마음 아시죠?

여러분, 안녕하세요?

저는 '꾀꼬리'라는 별명을 가진 주인님의 목소리입니다.

아름답게 노래하고 부드럽게 말하는 걸 좋아하지요.

주인님은 내가 없으면 아무것도 할 수가 없대요.

사람들과 소통할 수도 없고 좋아하는 노래를 할 수도 없대요.

"꾀꼬리야, 오늘도 삶에 대한 얘기를 할 수 있게 해주어 고마워.

네 덕분에 사람들과 소통할 수 있었고 그들에게 힘을 줄 수가 있었어.

덕분에 나도 힘이 난단다.

넌 내게 소중하다는 걸 잊지 마."

주인님의 사랑 고백에 기분이 좋아져요.

학생들을 가르치느라 말을 많이 하다 보면 목소리가 갈라질 때도 있어서

주인님은 제게 많이 미안해하세요.

목소리를 아껴야 하는데도 어쩔 수 없는 상황이 생길 때가 있거든요.

그래도 주인님은 저를 잘 간직하기 위해

피곤하지 않도록 영양제도 잘 챙겨 드시고
찬바람이 불 때면 스카프로 목을 잘 감싸서 저를 보호해 주신답니다.

저를 생각해 주고 귀하게 여겨주시는 주인님!
감사하고 사랑합니다.
꽃향기가 나는 아름다운 노래로
주인님을 더욱 빛나게 해드릴게요.

주인님을 사랑하는 내 마음, 아시죠?

Jean-François Millet _ Primroses

29.
김명희_**인향**

여러분, 반갑습니다.

아이고! 왜 처음부터 곡소리 비슷한 걸 내냐고요?

저는요,

빈대떡도 아닌데 이랬다저랬다 하루에 열두 번도 더 뒤집히는

주인님의 '마음이'라고 합니다.

주인님은 저를 얼마나 부려 먹는지 쉬질 않아요.

빨간 신호일 때도 지나가질 않나

차선을 잘못 보고 역주행을 하질 않나

가만있는 벽에 들이박질 않나

이러다 제명이 다하기 전에 운명을 달리할 것 같아요.

그래도 하나 위안이 되는 것은

주인님이 언제부턴가 이런 말을 해줘요

"그동안 외면해서 미안해. 견뎌줘서 고마워, 앞으로 잘해줄게."

우와! 멋지죠?

천 번을 부려 먹고도 이 말 한 번이면

주인님을 째려보았던 제 마음이

금방 쌓일 듯 휘날리다가도 언제 내렸는지 모르게 사라지는 싸락눈 같아져요.

만 번을 부려 먹고도 이 말 한 번이면

아이스크림 위에 부어주는 커피처럼 되어 버려요.

그래서 저는 오늘도 주인님 껌딱지랍니다.

이렇게나 의리가 있는 저에게 어울리는 향기가 있다면

그것은 바로 '인향'일 것입니다.

주인님 인향이 만 리까지 퍼지도록

내일도 또 내일도

주인님에게 딱 붙어서 곁을 지킬 겁니다.

Georges Seurat _ Alfalfa Fields, Saint-Denis

30.
박운주_**똑순이는 기뻐요**

여러분, 안녕하세요?

나는 우리 주인님의 볼펜 '똑순이'라고 해요.

우리 주인님은 항상 나를 손에 쥐고 있어요.

나는 우리 주인님이 가는 곳이면 어디든지 따라가요.

우리 주인님은 아름다우신데

글씨를 예쁘게 써요.

우리 주인님은 감사와 사랑이 많은 분이에요.

매일 감사한 것과 사랑하는 마음을 종이에 기록하신답니다.

주인님의 생각을 다 적어드리고

필사하는 주인님을 힐링시켜 드리는

똑순이는 기뻐요.

저와 함께 글을 쓰는

주인님의 마음과

똑순이에게서 꽃향기가 나는 것 같아요.

앞으로도 주인님과 함께 하는

세상여행을 떠날 거예요.

주인님,

언제나 행복하세요.

똑순이가

주인님의 행복과 꿈을 응원합니다.

파이팅!

James Tissot _ Chrysanthemums

31.
권경희_건강한 여행을 떠나요

안녕하세요?
저는 주인님이 주시는 모든 음식을 잘 소화시켜
속을 편안하게 하고 건강하게 해주는 소화기관 '위장'이라고 해요.

주인님은 손으로 따뜻하게 저를 어루만져 주기도 하고
내가 꿈틀거리거나 아우성이라도 지르면
잽싸게 소화제, 영양제로 달래 주신답니다.
그리고 속으로 말하지요.
'미안하고 고마워.
언제나 내 마음대로 주고 힘든 일을 시켜서.'
일 잘해준 나에게 고맙다고 사랑 듬뿍 주는 우리 주인님, 최고죠?

한결같은 주인님 사랑,
고맙고 감사해요.
아름다운 마음씨를 가진 주인님께
제가 봄의 꽃향기가 되어 드리고 싶어요.
흰백색의 벚꽃향기,
정열적인 홍매화,

노오란 개나리꽃,

산에 산에 진달래꽃.

우리 아름다운 여행을 떠나요.

건강에 좋은 도시락 싸서

우리 아름다운 여행을 떠나요.

주인님이 저의 주인님이라 행복해요.

Lawrence Alma-Tadema _ Whispering Noon

32.
이상민_카니발 4세

안녕하세요?
저는 우리 주인님께서 사랑해 주었던 '카니발 4세'라고 해요.
옛 주인님과 함께했던 세월이 8년이랍니다.

주인님은 주인님 몸보다 저를 더 깨끗하게 씻어 주셨어요.
진짜 광이 나는 것 같았다니까요.
주인님께 너무 감사해요.
주인님이 해 주셨던 말, 기억하고 계신지 모르겠네요.
새 주인 만나면
복이 가득한 길로
잘 인도해달라고 하셨던 말!
그래서 지금 저의 주인님을
더 안전하고 더 멋진 곳으로 모셔다 드려야겠다고 다짐해요.

오늘은 어디를 가게 될까요?
지금은 추운 겨울이지만,
꽃향기 가득한 봄이 곧 찾아올 거예요.
꽃, 봄, 따스함을 떠올리니

또 우리 주인님이 생각나요.

주인님, 잘 계시죠?

카니발 4세는 잘 지내고 있답니다.

Paul Cézanne _ Still Life with Flowers in an Olive Jar

33.
문상희_**균형**

안녕하세요? 저는 '벅지'입니다.
우리 주인님의 두 다리는
가고 싶은 곳이 있으면
아직 그곳에 도착하지 않았어도 춤을 춥니다.
주인님은 나른 '벅지'라고 불러준답니다.

옛날에는 주인님이 허벅지인 나를 보면
감추고 싶어 했어요.
하지만 지금은 나를 드러내고 자랑스러워하고
매일 쓰다듬어 줍니다.
그래서 저는 얼마나 행복한지 몰라요.

우리 주인님은 마음이 복잡할 때
산에 가면 마음이 편안해진다네요.
그리고 우리 주인님은
마당에 꽃도 있고 푸른 정원이 있는 아름다운 저택을 좋아합니다.
참 평온하고 조화로워 보이지요.

제가 튼튼해져서
우리 주인님의 몸은 균형을 찾아가고
더욱 건강해지고 있답니다.
저도 뿌듯하네요.

주인님!
평생 건강하게 함께하면서
좋은 곳 많이 보러 가요.

Pierre Auguste Renoir _ La Cueillette des fleurs

34.
최예섬._마법이 시작되었습니다

우리 주인님의 손은
어느 곳이든 닿으면 마법이 시작되는 '요술손'이랍니다.
사람들은 '요술손'인 저를 매일 만나고 싶어 하지요.

오늘 우리 주인님의
마법의 주인공이 될 사람은 누구일까?

오십견으로 팔이 안 돌아가는 언니.
팔자주름에 얼굴이 사각인 언니.
머리에 탈모가 있는 아저씨.
뱃살이 많은 아줌마.

삐. 삐. 삐.

마법이 시작되었습니다.
주인님의 요술손이 닿으니
세상에서 가장 아름다운 모습으로 변신을 했네요.
내일은 또 누구에게 어떤 기쁨을 줄까?

기대가 된답니다.

주인님의 요술손이 닿아 마법이 시작되면

모든 것이 해결돼요.

꽃향기를 닮은 웃음소리가 들리지 않나요?

주인님과 저를 만난 분들의 행복한 웃음소리 말이에요.

오늘도 행복한 웃음소리, 향기나는 웃음소리가 널리널리 퍼져 나갑니다.

Vincent Van Gogh _ Sunflower

나가는 글

감사하고

사랑하고

나누는

'우리들의 겨울'

이야기였습니다.

감사합니다.

감사합니다.

감사합니다.